1104

"여보세요? 아, 엘리베이터 앞이야? 1104호로 올라
　와."

　불면증에 시달려 지쳐있다는 후배 놈을 집으로 불러들였
다.
나도 글을 쓰느라 며칠 동안 밤낮이 바뀐 생활을 하다 보
니 온몸 구석구석 어두운 기운이 박혀있는 상태라 그와
처지가 다르지 않았다. 누구라도 좋으니 살아있는 존재와
대화를 하고 싶었다.

"잘 왔어. 들어와, 여기 잠깐 앉아있어."

"오랜만에 뵙네요. 글 쓰고 계셨어요?"

"마무리 중이야. 오늘은 그만 해야지. 그나저나 갑자기 무슨 불면증이야?"

"그러게요. 얼마 전부터 갑자기…"

"생각할게 많구나, 너도…"

"생각 때문에 미치겠어요. 생각을 좀 끊으면 해결 되겠죠."

"그게 제일 어렵지."

"형은 요즘 어때요? 글은 많이 쓰셨어요?"

"사실 나도 요즘 생각하는 게 일이야. 글을 제대로 잘 써보려고 하는데 그 쓸데없는 생각 때문에 진행을 할 수가 없어."

"글 쓸 때는 생각이 많을수록 좋은 거 아니에 요?"

"아니야. 글 속에 있는 중심을 붙잡고 끝까지 가야 하는데 그 중심을 흩뜨리는 생각들이 있으면 안 돼."

"마음이 급해서 그럴 수도 있어요. 출간날짜를 정
 해두고 쓰시는 건 아니죠?"
"날짜를 정해둔 것도 아니고 급한 마음이 있는 것
 도 아니야. 그냥 중심을 붙잡고 있는 게 쉽지 않
 네."
"음… 그 생각들이 어떤 식으로 방해를 해요?"
"예를 들어 중심이 되는 단어를 적어두고 그 단어
 에 대한 생각을 잘 다듬고 있다가 잠깐 화장실을
 다녀와서 다시 그걸 보면 전혀 다른 이상한 생각
 으로 이어지거든. 매 순간 계속 바뀌는 거지, 생
 각이…."
"저는 중심은 잘 모르겠고 조급함 때문에 생각이
 많아진다고 느껴지더라고요. 그냥 있는 그대로
 받아들여야하는데 계속 불안해지니까…."
"있는 그대로 받아들이는 게 중심이지. 너도 나랑
 똑같은 거야."
"구체적인 해결 방법은 찾아보셨어요? 저도 생각
 을 끊어야 불면증이 끝날 테니까 방법을 찾긴 찾
 아야하는데…."

"응. 그것들이 오기 전에 내가 먼저 불러들여서 싸워야 될 것 같아. 평소에 그것들이 수시로 드나들 때는 내가 무방비상태라서 당하기만 하니까."

"어떻게 싸워요?"

"내가 요즘 작업 때문에 집에 있는 시간이 많거든. 근데 언제부턴가 여기가 매 순간 낯설게 느껴지는 거야. 그래서 깊이 생각을 해봤더니 그 이상한 생각들과 관련이 있는 것 같더라고. 그것들이 여기를 지배하고 있는 것 같아."

"맞아요, 생각이 공간을 지배하고 본질을 바꾸기도 하죠. 근데 그게 싸우는 방법으로 어떻게 이어져요?"

"얼마 전부터 자주 꾸는 꿈이 있어서 글로 정리해뒀거든. 그 꿈을 '나'라고 생각하고 감정을 담아서 읽는 거야. 그 다음엔 눈을 감고 여기 내 집, 이 공간을 전쟁터로 만들어 두는 거지. 그렇게 하면 나를 계속 방해하던 그 이상한 생각들이 하나둘씩 기어 나올 거야. 눈앞에 형체가 나타나는 거지."

"그게 끝이에요?"

"그게 시작이지. 그것들이 지워질 때까지 싸워야 지."

"그렇게 하면 지워질까요?"

"글쎄…."

"시도는 해보셨어요?"

"내일까지는 쉬고 모레 새벽부터 하루에 한 번씩 시간을 정해서 해볼 거야. 어떻게 달라지는지 기록하면서 살펴봐야지."

"…그럼 저도 집에 가면 시간을 정해두고 해볼게 요. 한번 해보죠, 뭐."

"잘 됐네. 해결해보자."

"형이 자주 꾸는 그 꿈은 어떤 내용이에요? 제가 읽어봐도 돼요?"

"그래, 읽어봐."

숲이라고 말하기엔 조금 부족한 느낌이었다.

나무들이 아주 많았고 그만큼 잎과 흙의 냄새도 충분했지만 그것들이 무서울 정도로 꽉 들어차있지는 않았기 때문에 숲이라기보다는 정원이랄까…. 아무튼 그 둘의 중간쯤 되는 곳이었다.

나는 꽤 안정적이고 빠른 걸음으로 그곳을 지나고 있었고 어디론가 완전히 가는 것이 아니라 다시 돌아올 생각을 가지고 있었던 것이 확실하게 기억난다. 그것 말고도 기억나는 것은 많다. 시간대는 늦은 밤, 따듯한 바람이 불었고 정체를 알 수 없지만 밝은 빛을 뿜어내는 기둥이 보였다. 나는 그 빛을 따라서 걷고 있었는데 내리막길을 만나자마자 이상한 사람들이 등장하기 시작했다.

어떤 이들은 나에게 뭔가 말을 하려는 듯했고 다른 이들은 내 몸을 만지려했고 또 다른 이들은 표정 없는 얼굴로 나를 쫓아오고 있었다.

나는 그들에게서 멀리 떨어지고 싶었지만 몸이 뜻대로 움직이지 않아서 걸음의 속도를 제어할 수가 없었는데 다행인 것은 그들이 나를 해치거나 따라잡지는 못하고 있었다. 또 한 가지 다행인 것은 밝은 빛을 뿜어내는 기둥과 점점 가까워질수록 그 이상한 사람들이 하나둘씩 사라졌다.

어느 지점부터 내리막길의 경사가 점점 심해졌고 나의 걸음도 빨라지자 이상한 사람들은 더 이상 보이지 않았다.

그 이후로 내리막길의 경사는 더욱 심해졌고 나의 다리는 굉장히 빠르게 움직이고 있었다. 보이지 않을 정도였다.

기둥의 형체가 뚜렷하게 보이기 시작하자 두려움이 밀려와 숨이 막혔다. 멈추고 싶었다. 이대로 끝까지 간다면 다시 돌아올 수 없을 것 같았다.

누군가에게 도움을 청하고 싶었지만 주위에는 아무도 없었다. 그 이상한 사람들이라도 다시 나타나면 좋겠다는 생각이 들었다.

끝이 보이는 듯했다.

기둥과 아주 가까워져 그곳에서 뿜어져 나오는 빛으로 인해 눈을 뜰 수 없게 되자 내가 할 수 있는 일은 한 가지 밖에 없었다.

정신을 집중하고 온 힘을 다해 고개를 돌려 뒤를 보는 것이었다.

그냥 그렇게 뒤를 돌아보면 두려움이 덜할 것 같았다.

손끝과 발끝에서부터 힘을 모아 고개를 돌리는 움직임에

집중했다.

온몸의 기운이 빠르게 빠져나가는 느낌이 들었다.

기운이 모두 빠져나가기 전에 고개를 돌리는 일을 성공해야만했다.

고개가 점점 돌아갈수록 메스꺼움과 구토할 것 같은 느낌이 슬슬 올라왔다. 마지막으로 남은 힘을 한꺼번에 쏟아내야겠다는 생각을 했다.

그대로 눈을 감은 상태로 고르지 않은 숨을 천천히 내쉰 뒤, 다시 숨을 크게 들이마시고 고개를 돌리는 일에 모든 숨과 힘을 쏟아냈다.

고개가 성공적으로 돌아간 느낌이 들었다.

곧바로 눈을 뜨고 정신을 차려보니 그 숲이 아닌 다른 공간에 가만히 멈춰 서있었다. 그곳은 아주 어두웠다.

밝은 빛을 뿜어내는 기둥도, 이상한 사람들도 없었다.

그런데 갑자기 그 숲에서 느꼈던 두려움과는 다른 느낌의 두려움이 무섭게 밀려오기 시작했다.

다시 고개를 돌려봤지만 이번엔 아무런 일도 일어나지 않았다.

어두움과 두려움뿐이었다.

1104호

"기다렸어요?"

누군가의 목소리가 들렸다.
곧바로 고개를 들며 눈을 뜨자 그가 보였다. 떨리는 마음
을 숨기기 위해 숨을 한번 내쉬고 대답했다.

"네, 기다렸어요."
"왜요?"
"대화를 좀 하고 싶…."

말을 잠시 멈출 수밖에 없었다. 눈을 뜨자마자 모든 신경이 그에게 집중되어 공간의 모습이 제대로 보이지 않았는데 점점 시야가 넓어지면서 모든 것이 한 눈에 들어왔다. 1104호, 나의 공간이 달라졌다. 생각이 공간을 지배하고 본질을 바꿔놓았다.

차가운 바닥과 벽면은 어두운 색깔로 이어져있고 가구를 포함한 모든 사물이 사라졌다. 한쪽 구석에 있는 작은 변기가 전부였다. 밖을 볼 수 있는 창문은 손바닥 크기의 작은 구멍으로 변해 빛이 제대로 들어오지 못하고 있었다.

그들이 바꿔놓은 공간을 마주하는 것이 처음이라 잠시 두려움의 냄새가 느껴졌지만 고개를 흔들며 그 냄새를 멀리 밀어냈다. 그들을 이기기 위해서는 앞으로 눈앞에 펼쳐질 모든 것을 아무렇지 않은 듯 옆으로 밀어낼 용기가 필요하다고 생각했다.

그렇게 아무렇지 않은 듯 다시 말을 이었다.

"대화를 좀 하고 싶어요."

"그럽시다. 한번 해보죠."

"성함이 어떻게 되세요?"

"이름이요?"

"네."

"…아나입니다."

"아나? 아나가 무슨 뜻이에요?"

"모르겠어요. 그냥 이름이죠."

"이름의 뜻을 몰라요?"

"꼭 알고 살아야하는 건 아니니까요."

"그렇군요."

"그런데 참 웃기네요. 이미 나에 대해 잘 알고 있
으면서 새삼스럽게 이름을 묻고…"

"네? 제가 그쪽에 대해 뭘 안다는 거죠?"

"저를 모른다고요?"

"당연히 모르죠. 아나 씨가 그동안 여기서 나를 괴
롭혀왔다는 사실 말고는 아무것도 몰라요."

"내가 당신을 괴롭혔다고요?"

"네. 매일 찾아와서 말도 안 되는 이상한 이야기
들로 저를 힘들게 했던 존재가 아나 씨라는 거
다 알아요. 확실히 느껴져요. 여기 이 공간도 아

나 씨가 이렇게 감옥으로 만들어 놓은 거 아닌가 요?"

"조금 억울하네요. 난 이미 만들어져있는 공간과 시간에 자연스럽게 존재할 뿐이에요. 누굴 괴롭 히려는 게 아니라 그냥 존재하는 거라고요."

"무슨 말씀인지…. 참 어렵네요."

"난 이렇게 주어진 공간에서 내가 해야 할 말을 내뱉는 게 일이라고요."

"해야 할 말이 뭐죠?"

"정말 몰라요?"

"몰라요, 정말."

"아까 당신이 말했던 그 이상한 이야기들이요. 그 것들 모두 당신이 잘 아는 이야기 아닌가요?"

"알긴 알지만 나는 그것들을 버렸어요. 중심을 잡 는데 방해가 되는 것들은 다 버렸다고요. 그런데 아나 씨가 자꾸 그것들을 끌고 들어오는 거죠."

"내가 그것들을 끌고 들어오는 게 아니라, 내가 바 로 그 이야기예요. 당신도 태어나고 싶어서 태어 나지는 않았겠죠? 나도 그래요. 그냥 존재하니까 존재하고 있는 거예요. 이렇게 당신과 함께 사는 거죠. 당신의 이야기니까."

"어쨌든 나는 아나 씨의 존재가 반갑지 않아요. 아주 가끔 이 공간에 잠시 머무는 건 허락할게요. 그 대신 아무 말도 하지 말고 공간의 모습도 바꾸지 말고 그냥 조용히 있어줘요."

"그건 불가능해요."

"왜요? 서로 양보하면 되는 일인데 왜 그래요?"

"당신도 그 이야기들을 아직 못 버렸잖아요? 말로는 버렸다고 하지만 아직도 못 버리고 있죠? 난 그 이야기들 속에 담긴 문제들이 눈앞에서 해결될 때까지 이 일을 멈추지 못해요."

"그건 아나 씨가 해결할 수 있는 문제가 아니에요. 내가 알아서 할게요."

"어떻게 할 건데요?"

"제발 참견하지 마세요. 아나 씨가 자꾸 그럴수록 제 인생이 망가져요."

"그냥 다 잊고 싶은 거죠? 다 잊을 수 있다고 믿고 싶은 거 맞죠?"

"그래요, 맞아요. 저는 스스로 중심만 잘 붙잡으면
방해되는 모든 것을 잊고 문제가 해결될 것이라
고 믿어요."

"진심인가요?"

"네."

"그럼 지금 여기서 왜 이러고 있는 건데요? 모든
것을 잊을 거라면 굳이 나를 만날 필요는 없지
않아요?"

"…"

"당신은 그것들을 절대 잊지 못해요."

"아니에요, 잊을 수 있어요. 단지 아나 씨와 같은
존재들을 직접 만나보고 싶었기 때문에 잠시 이
러고 있을 뿐이에요."

"이해해요. 그럼 이렇게 만난 김에 이야기나 더 나
눠요. 잊을 땐 잊더라도 지금은 대화를 하고 싶어
서 기다린 거잖아요? 우리가 서로 잘 알고 있는
이야기를 나눠보죠."

"…"

"고민할 필요 없어요. 괜찮아요."

"그래요, 그렇게 하시죠. 이야기 나눠 봐요."

"이 공간이 이렇게 바뀌어 있는 이유가 있을 거예요. 혹시 이유를 알아요?"

"아니요. 제가 어떻게 알겠어요."

"제가 항상 이곳에 올 때마다 하는 이야기 속에 그 이유가 담겨있죠. 택시기사…."

"택시기사? 아, 맞아요. 알죠."

"그 일은 별 문제없이 해결됐나요?"

"해결할 것도 없는 일이었죠. 잠시 다툼이 있었지만 아무런 문제없이 집에 돌아왔으니까요."

"속으로는 불안감이 남아있는 거 알아요."

"불안감이요?"

"네, 불안감이요. 그날 있었던 일이 선명하게 보이지는 않죠?"

"선명하지는 않지만 그냥 언제든지 일어날 수 있는 가벼운 일이었다고 생각해요."

"가벼운 일이든 무거운 일이든 그건 중요하지 않아요. 선명하지 않다는 게 문제죠. 그게 아직도 당신을 잡고 있잖아요?"

"아니요, 그렇지 않아요."

"솔직하게 말 해봐요. 아무런 문제가 없다면 당신
과 내가 왜 여기에 있는 걸까요?"

"또 시작이군요. 아나 씨, 당신은 항상 이런 식으로
나를 괴롭혀왔어요. 이제 그만해요."

"아까 내가 얘기한 거 잊었어요? 나는 당신과 함
께 존재해요. 그만둘 수 없다고요."

"내가 원하는 대화의 목표는 아나 씨와의 작별이
에요. 그러니까 저의 속마음을 건드리려 하지 말
아요."

"난 당신의 속마음을 건드리려고 하지 않았어요.
있는 그대로의 사실을 얘기할 뿐이죠."

"도대체 무슨 말을 하고 싶은 거죠? 모든 문제는
내가 알아서 한다고 말씀드렸잖아요."

"왜 이러세요? 좀 전에 우리가 서로 잘 알고 있는
이야기를 나누기로 했잖아요. 뭐가 잘못됐나요?
시원하게 얘기해보자고요."

"…그래요, 알겠어요. 말해요."

"당신이 그 택시기사를 죽였다고 생각하죠?"

"그렇게 생각했었지만 지금은 아니에요."

"죽이지 않았어요?"

"네."

"그날의 기억이 선명하지 않다면서 어떻게 확신하죠?"

"말도 안 되는 일이니까요. 설마 내가 그런 짓을 했을 리가 없어요. 그리고 만약 무슨 일을 저질렀다면 난 벌써 잡혀갔겠죠. 몇 주가 지난 일이니까요."

"그렇긴 해요. 그런데 가끔은 말도 안 되는 일이 일어나기도 하죠. 경찰이 아직 당신을 찾지 못했을 뿐이고 단서를 제대로 잡는다면 당장 내일이라도 당신을 잡아갈 수도 있겠죠."

"경찰이 그렇게 형편없지 않아요. 나 한 사람을 아직도 못 잡고 있다는 게 말이 안 되죠."

"그날 기억이 선명하지 않은 이유가 술에 취해있었기 때문이죠?"

"그건 맞아요."

"그래서 불안한 거잖아요. 솔직하게 말해 봐요."

"혹시 무슨 일이 생기지는 않았는지 불안하긴 했
어요. 그냥 작은 다툼으로 끝났을 수도 있고 큰
다툼으로 이어졌을 수도 있고요. 또 아무 일도 일
어나지 않았을 수도 있어요. 여러 가지 불안감이
죠. 내가 그를 죽였을 수도 있다는 생각도 그 중
하나일 뿐이에요."

"그 불안감이 지금도 남아있는 것 같아서 하는 말
이에요. 조금이라도 남아있을 수 있잖아요."

"저는 그날 취했다는 것이 잘못이라고 생각해요.
그러니까 그 부분만 더욱 집중하며 생각하면 돼
요. 기억이 선명하지 않을 만큼 취했다는 잘못을
인정하고 마음을 다잡으면 그것으로 충분하죠.
불안감에서 비롯된 여러 가지 생각들은 모두 잊
기 위해 노력했어요."

"잊기 위해 노력하고 있는 건 잘 알겠어요. 잊는
것이 가능할지는 모르겠지만."

"잘못을 인정하는 것이 모든 것의 시작이에요. 인
정하는 것은 용서를 구하는 것이고, 용서를 받게
되면 모든 것의 끝을 볼 수 있죠. 그 끝엔 불안감

이나 여러 가지 생각들이 존재하지 않아요."

"그럼 잊기 위해 노력한다는 표현보다는 끝을 보기 위해 노력한다는 표현이 맞겠네요. 아, 끝을 보려면 먼저 그것들을 잊어야겠군요."

"그러니까 도와달라는 거예요. 자꾸 그것들이 떠오르게 하지 말아달라고요."

"나도 도와드리고 싶어요. 하지만 어쩌겠어요? 자꾸 여기로 오게 되는 걸⋯."

"아나 씨도 노력해줘요, 제발."

"참 답답하네요. 어떤 노력을 해야 하는지 알 수가 없으니⋯."

"그⋯."

 갑자기 방 안의 공기가 사라지는 듯 숨이 잘 쉬어지지 않았다. 숨을 깊게 들이마셔 봐도 산소가 채워지는 느낌이 들지 않고 가슴이 무거워지는 느낌만 심해졌다.

 "왜 그러세요?"

 "숨이⋯ 잘 안 쉬어져요."

"식은땀을 흘리시네."

"오늘은 여기까지만 하죠."

"기다렸어요?"

고개를 들며 눈을 뜨자 그가 보였다. 그런데 자세히 보니 어제 만났던 그와 조금 달라보여서 조심스럽게 물었다.

"아나 씨 맞아요?"
"아니요."
"그럼 누구세요?
"자아크입니다."

"그 이름의 뜻이…."

"모르죠. 제가 지은 이름이 아니니까요."

"그렇군요. 자아크 씨도 저를 잘 알죠?"

"그럼요, 아주 잘 알죠."

"아, 잠시만…."

잠시 말을 멈추고 방 안을 살펴보았다. 사방이 뚫려있어 넓은 하늘과 주변 건물들이 시원하게 보였고 바닥 공간 양옆으로는 작은 화단이 펼쳐져있었다.

"여기는 테라스인 것 같군요."

"네. 그런데 어쩐 일로 저를 기다렸나요?"

"대화가 필요한 것 같아서요."

"왜요?"

"항상 자아크 씨만 일방적으로 이야기를 쏟아놓고 가니까요. 잘못된 이야기들로 저를 힘들게 만들 잖아요."

"그게 잘못된 이야기인지 아닌지 어떻게 알죠?"

"저의 이야기니까 알죠. 자아크 씨는 그 이야기를

자꾸 이상한 쪽으로 몰고 가잖아요."

"편지에 관한 일을 말하는 거죠? 당신과 아주 친
했던 그 사람에게 쓴 편지요."

"그래요, 맞아요."

"아직 답장이 안 왔죠?"

"네."

"어서 답장이 와야 당신의 마음이 편해질 텐데….
안타깝군요."

"지금도 충분히 편해요. 이미 마음을 비웠다고
요."

"앞으로 죽는 날까지 답장이 오지 않아도 된다는
뜻인가요? 포기했어요?"

"물론 답장이 오면 더 좋겠지만 오지 않는다고 원
망하거나 자책하지는 않을 거예요."

"포기하지는 않았네요."

"포기할 필요까지는 없으니까요."

"바로 그 마음이 남아있기 때문에 자꾸 내가 이곳
에 오게 되는 거예요. 그 사람이 답장도 하지 않
고 좋지 않은 감정만 계속 키우고 있다가 언젠가

당신 앞에 나타날까봐 두려운 거겠죠."

"아니에요. 난 그 사람을 믿어요. 그럴 사람이 아니에요. 잘 알지도 못하면서 그렇게 얘기하지 말아요."

"이 공간이 이렇게 바뀌어있는 것도 당신의 마음에서 비롯된 것이죠. 여기 올 때마다 느끼는 게 있어요. 혹시 당신도 느껴지나요?"

"…그게 뭐죠?"

"이상하네요. 분명히 느껴질 텐데…."

"몰라요, 모른다고요. 그게 뭔지 말해 봐요."

"여기가 11층인데다가 모든 면이 뚫려있어서 이렇게 서있으면 저 밑에서 여러 방향으로 움직이는 자동차들이 아주 잘 보여요. 그 자동차들이 내는 소리를 들어보면 파도가 밀려오는 것같이 느껴지죠. 아주 가끔은 그 소리가 아름답지만 대부분의 날들은 두려움으로 다가와요. 그게 사실이죠."

"무슨 뜻이에요?"

"당신의 속마음이 그렇다는 거 아니겠어요? 여긴 당신의 집이니까요."

"두려움 없이 살아가는 사람도 있나요? 그건 그냥 자연스러운 거죠. 편지와 상관없는 두려움이에요. 그리고 여길 이렇게 만들어놓은 건 내가 아니에요. 자아크 씨 당신이겠죠."

"그래요, 그렇게 생각할 수도 있죠. 알겠어요. 그러면 편지에 대해 조금 더 자세히 얘기해보죠."

"뭐가 궁금한 거죠?"

"그 사람을 그렇게 믿는다면서 왜 그런 잘못을 했어요?"

"가까운 사이일수록 상처를 쉽게 주게 되잖아요. 어쩌다보니 그렇게 된 거죠."

"그 사람이 당신을 용서했다고 생각하나요?"

"네, 용서했을 거예요. 단지 저에게 마음을 전달하는 방법이 편지가 아닌 다른 것일 수도 있다고 생각해요. 그래서 기다리는 거죠."

"다른 것이라면 어떤 방법을 말하는 거죠?"

"그건 모르죠. 다른 누군가를 보내올 수도 있고, 직접 전화를 할 수도 있겠죠."

"그냥 그렇게 마음 편히 기다리고 있다는 말이군

요."

"네."

"편지를 한 번 더 보낼 계획은 없나요?"

"네, 아직은 없어요. 그에게도 생각할 시간이 필요
할 테니까요. 내가 너무 부담을 주면 안 되잖아
요."

"글쎄요⋯."

"왜요?"

"잘못을 한건 당신인데 너무 안일하네요. 뭐라도
더 노력을 해야 하는 거 아닌가요?"

"행동을 조심스럽게 해야죠. 내 감정만 생각하고
자꾸 다가가면 그 사람은 더 멀리 도망갈 거예
요."

"주위 사람들에게 부탁해서 그 사람의 상태를 알
아보는 건 어때요?"

"그 방법도 생각해봤는데 그건 너무 비겁해요. 우
리 두 사람이 해결해야하는 일에 다른 사람들을
끌어들이는 건 순수하지 않아요."

"당신이 그렇게 여러 가지 이유로 시간을 보내는

동안 그 사람의 감정은 더욱 어두운 쪽으로 빠지고 있을 거예요. 당신은 그 사람을 믿는 것뿐이지 그에 대한 모든 것을 알지는 못하잖아요."

"그 사람이라면 분명히 나를 용서했을 거라는 믿음이면 충분하지 않나요?"

"충분하지 않아요."

"자아크 씨는 그 사람을 모르니까 그렇게 생각할 수 있어요."

"편지 내용은 잘 썼어요? 당신의 마음을 모두 담아서 썼다고 확신할 수 있어요?"

"…"

"왜 대답을 못해요? 확신할 수 없어요?"

"아니요. 잠시 편지 내용을 떠올려보고 있었어요."

"그렇군요. 어떤 것 같아요?"

"그와 나 사이에 있었던 모든 일, 나의 잘못, 감정, 용서를 구하는 낮은 자세. 담을 수 있는 건 모두 담았어요."

"그렇다면 참 이상한 일이네요. 왜 답이 없는 걸

까요? 당신이 기억하지 못하는 또 다른 무언가가 있는 게 아닐까요?"

"다른 일은 전혀 없었어요. 서로 감추는 것 없이 지내왔고 서운한 감정이 생기면 바로 내어놓고 풀었어요. 우리의 관계가 잠시 멈춘 건 이번이 처음이에요."

"그런 관계가 한 번의 잘못으로 인해 이렇게 멈췄다는 게 참 안타깝네요. 당신의 마음에도 조금씩 변화가 일어나겠군요."

"변화요?"

"당신이 잘못을 하긴 했지만 너무 오랫동안 시간을 끌며 용서를 하지 않고 있는 그 사람도 문제가 있어요. 앞으로 더 지속된다면 당신도 지쳐가겠죠."

"그건 나중에 생각할 일이죠. 지금은 그 사람에게 용서를 구하는 마음만 잘 품고 있으면 돼요."

"인정하는군요. 나중이라도 언젠가는 그 사람의 태도에 대해 불만을 갖게 될 수도 있다는 것을요."

"아니, 말이 그렇다는 거지 꼭 그렇게 될 거라는

뜻은 아니에요. 지금의 내 마음가짐이 더 중요하다는 말이죠."

"당신은 좀 더 강해져야 해요. 당신이 잘못한 일을 다시 한 번 잘 떠올려 봐요. 죽을죄를 지은 것도 아닌데 왜 그렇게 조심스럽게만 행동하는 거죠?"

"자아크 씨, 그건 아니죠. 그건 이기적인 거예요. 잘못한 사람이 낮은 자세로 용서를 구하는 건 당연한 일이에요. 죽을죄를 지은 게 아니어도 잘못은 잘못이니까요."

"용서를 구하는 마음만 품고 그대로 둔다면 그 관계가 완전히 끊어지는 것을 보게 될 거예요. 마음만 그대로 두지 말고 공격적으로 용서를 얻어내야 돼요."

"아까도 말했지만 그 사람이 나에게 마음을 전달하는 방법이 따로 있을 거예요. 그냥 그렇게 중심을 믿으면 돼요. 편지의 내용을 충분히 이해하고 받아들였을 거예요."

"진심인가요?"

"네. 중심을 믿는 것이 나와 그 사람의 소통이에요. 우린 이미 통하고 있어요. 내가 또 편지를 쓴다거나 찾아가는 건 변명의 시작일 뿐이에요. 변명의 끝에서는 용서를 얻을 수 없어요."

"그렇군요. 그럼 앞으로 당신과 내가 만날 일은 없을 것 같은데요?"

"그렇게 된다면 다행이죠."

"어디한번 기다려볼게요."

"기다릴 필요 없…."

"왜 그러세요?"

"숨이 잘… 안 쉬어져요."

"갑자기 땀을 흘리시네."

"…."

"기다렸어요?"

　그의 목소리를 듣고 눈을 뜨자마자 먼저 방을 살펴보았
다. 한쪽 구석에는 크고 작은 종이상자들이 높이 쌓여있
고 그 옆으로는 속이 꽉 찬 쓰레기봉투들이 작은 무덤처
럼 모여 있었다. 반대편에는 유리, 플라스틱 등을 버리는
분리수거장과 음식물쓰레기통이 보였다. 다시 쓰레기무
덤 쪽으로 고개를 돌리자 그가 한 번 더 나에게 물었다.

"기다렸어요?"

"네, 대화를 하고 싶어서요. 성함이 어떻게…."

"쇄아입니다."

"쇄아 씨? 당신도 이름의 뜻을 모르나요?"

"모르죠. 그런데 우리는 항상 대화를 나누고 있잖아요. 뭐가 더 필요한가요?"

"제가 원하는 대화는 아니었죠."

"그래요? 그럼 당신이 원하는 대화를 해보죠."

"여긴 왜 이렇게 되어있는 거죠?"

"당신이 버린 그것 때문이겠죠."

"그게 왜 문제가 되는지 모르겠네요. 버릴 때가 돼서 버린 것뿐인데 그게 잘못인가요?"

"난 잘못이라고 말한 적 없어요. 당신이 그렇게 생각하고 있는 거겠죠."

"아니죠. 쇄아 씨가 나에게 말을 걸때마다 그게 잘못이라고 얘기하잖아요."

"아니에요. 난 그저 그걸 가끔씩 추억으로 떠올려보자는 뜻이었어요. 당신도 그게 좋지 않나요?"

"좋지 않아요. 버린 것은 그대로 잊는 게 각 존재

에 대한 존중이라고 생각해요. 잊지 않으면 끝나
지 않아요."

"당신이 오랫동안 썼던 의자를 버렸을 때, 그때 그
모습이 생각나네요. 한참 동안 그 의자 앞에 서있
었잖아요. 작별인사를 나눴던 거겠죠. 그 의자를
완전히 잊었다고 말할 수 있나요?"

"잊으려고 노력중이에요."

"아직 잊지 못했군요. 잊으려하지 말아요. 그냥 받
아들여요."

"아니요, 잊어야 해요. 그 의자도 우리가 말하고 있
는 그것과 다를 게 없어요. 잊지 않으면 그것에만
빠져서 정상적인 생활을 할 수가 없어요."

"당신 말대로 우리가 말하고 있는 그것과 다를
게 없기 때문에 그 의자 얘기를 꺼낸 거예요. 잊
을 수 있을까요? 잊게 되더라도 언젠가 또 다른
것을 버릴 때가 되면 다시 생각이 돌아올 거예
요. 그건 잊는 게 아니죠. 잊을 수 없다는 뜻이에
요."

"쇠아 씨는 내가 그걸 버린 게 잘못이라고 생각하

고 있어요. 그걸 돌려서 말하는 거죠. 매번 그렇게 느껴져요."

"그렇게 느끼셨다면 그게 맞는 거겠죠. 잊을 수 없는 것을 버렸으니 잘못이라고 말할 수 있겠네요."

"버려야 할 것을 버리지 않고 갖고 있는 건 미련한 짓이죠. 그게 무슨 의미가 있어요? 버릴 때 미안한 마음이 생기는 건 당연하지만 그렇다고 버리지 않고 방치하는 게 더 무책임하잖아요."

"난 당신마음을 잘 알아요. 버리고나서 후회하고 있잖아요. 그냥 갖고 있다가 가끔씩이라도 만져보며 함께 추억을 떠올려보는 삶을 살았다면 어땠을까하는 생각 때문에 괴롭잖아요."

"추억은 만질 수 없는 존재들에게서만 생기는 거죠. 손이 닿는 존재는 추억과 연결되지 않아요."

"바로 그게 문제의 시작이에요. 손이 닿는 존재를 무시하는 거죠. 추억을 떠올리려하지 않는 이유가 뭐죠? 추억은 아름다운 거예요. 가까운 존재와 함께 추억을 얘기하지 않으면 점점 멀어져요."

"순서가 바뀌었어요. 점점 멀어졌기 때문에 문제가
생기고 추억을 얘기할 수 없게 되는 거라고요."

"추억을 떠올리고 함께 얘기해야 멀어지지 않는
거예요. 추억이 아름다운 이유는 반성을 불러오
기 때문이죠. 당신이 그 의자 앞에 서서 작별인사
를 나눈 이유는 미안한 감정이 더 깊었기 때문이
잖아요. 그리고 지금 우리가 말하고 있는 그것을
버릴 때도 그랬죠. 미안한 감정은 뒤늦은 추억이
불러오는 거예요. 그 추억을 미리 떠올렸다면 미
안한 감정이 생길 일은 없었을 거고요."

"그래서 지금 쏘아 씨는 뭘 바라는 거죠? 내가 더
이상 어떻게 해야 하죠?"

"솔직하게 살아가세요. 무릎 꿇고 반성하세요. 그
반성은 추억으로부터 나오는 반성이 아니에요.
이제 당신이 해야 할 반성은 고통으로부터 나오
는 거예요. 아름다운 추억으로부터 나오는 반성
을 얻어내지 못 했기 때문이죠."

"역시 당신도 나를 괴롭히는군요. 미안한 감정은
충분히 갖고 있어요. 그게 반성이잖아요. 잊어야

살아나갈 수 있기 때문에 남아있는 모든 것을 버리려는 거죠."

"아직도 그 의자를 잊지 못했다는 건 잊는 것이 불가능하다는 거예요. 그리고 더 중요한 그것도 마찬가지죠. 잊을 수 있다고 믿는 이유는 뭐죠?"

"저는 중심을 잘 붙잡고 그 중심만 생각하면 모든 일이 해결될 것이라고 믿어요. 잊을 수 있다는 개인적인 생각을 믿는 것이 아니라 중심을 믿는 거죠."

"해결된다는 것은 무엇을 의미하나요?"

"차분한 마음을 얻는 것이죠."

"차분한 마음은 무엇을 의미하나요?"

"어두운 것을 잊고 새롭게 출발하는 것이죠."

"어두운 것이요? 당신은 지난날의 모든 것을 그렇게 생각하고 있나요? 어두운 것…."

"아니요. 힘든 마음을 표현한 거예요. 쇼아 씨는 내가 그것들을 잊는 것에 대해 부정적으로 생각하지만 잊는 것이 내가 할 수 있는 최선이에요."

"난 당신이 어두워지길 바라요. 당신이 버린 것들

로부터 용서받기위한 마지막 방법이라고 생각해요. 그게 반성이죠."

"내가 왜 그래야하죠? 솔직히 의자를 버린 것은 확실하게 내 의지가 맞아요. 그러나 우리가 말하는 그것, 더욱 중요한 그것을 버린 것은 내 의지만으로 그렇게 된 것이 아니에요. 나도 절반쯤은 버림받았다고요."

"그렇게 생각해요?"

"그럼요. 나도 버림받았어요. 완벽한 사람은 없잖아요. 그리고 퍼즐 조각처럼 서로 딱 맞는 존재들도 없고요. 물론 버림받은 것도 내 잘못이 있었기 때문이겠지만 나 혼자만의 결정으로 그렇게 된 게 아니라고요."

"그 잘못은 뭔가요?"

"이기적인 마음이겠죠. 매일 걷는 길도 잠시 떠올려보면 어떻게 생겼는지 그려지지 않을 때가 있어요. 어쩌면 그게 당연하겠죠. 내가 지나온 길이 어떻게 생겼는지, 걸음의 속도는 어느 정도였는지, 손에 무엇을 들고 있었는지…. 기억이 선명하

지 않죠. 그게 이기적인 마음이라고 생각해요. 그
길을 지나오는 동안 나에게 도움을 청하는 사람
이 있었을 수도 있고 누가 흘리고 간 지갑이 있
었을 수도 있죠. 아무것도 보지 못했어요, 난. 보
지 않았다는 표현이 맞겠네요. 그게 내 잘못이에
요. 누군가에게 상처를 준거예요."

"그럼 더욱 더 잊으려하면 안 되겠네요. 반성해야
하잖아요, 우린."

"그렇지만 잊지 않으면 내가 살 수가 없다고요. 숨
이 막히는 게 어떤 느낌인지 아세요? 숨 쉬는 걸
잊고 살아야 숨이 잘 쉬어져요. 숨이 잘 쉬어지는
지 생각하고 걱정하는 순간부터 숨이 막히기 시
작해요. 내가 버린 그것도 내가 잊어주길 바랄 거
예요. 그래야 각자 살아 움직이죠."

"걱정하지 말아요. 당신이 버린 그것도 이기적인
마음을 갖고 있을 거예요. 당신과 똑같은 존재니
까요. 아까 처음에 당신은 그것을 버린 게 잘못되
지 않았다고 말했었죠? 그런데 지금은 결국 당신
의 잘못도 있다는 쪽으로 흘러가고 있네요. 버리

지 마세요. 그것과 당신의 잘못들을."

"내가 사라지더라도 세상은 다름없이 움직이겠죠.
난 죽기 싫어요. 그대로 움직이는 세상 속에서 잊
히기 싫어요. 잊히지 않으려면 내가 그것을 잊어
야죠."

"아직은 마음을 바꿀 생각이 없군요."

"…."

"왜 그래요?"

"아…."

"어디 불편해요?"

"솨아 씨 때문에 또 숨 쉬는 걸 걱정하게 됐잖아
요. 또 시작됐어요. 오늘은 그만해요."

"기다렸어요?"

눈을 뜨기 전부터 구수한 종이의 향이 느껴졌다. 눈을 떠보니 방 안의 모든 벽에 다양한 색깔의 책이 가득했다. 고개를 돌리거나 가벼운 방향전환은 가능하지만 더 크고 빠르게 움직이려면 아직 찾지 못한 또 다른 집중법이 필요하기 때문에 책을 꺼내볼 수 있는지는 알 수 없었고 책들의 제목만 살펴보는 것으로 만족해야했다. 전 세계 각국의 언어가 그와 나를 지켜보고 있었다.

"네, 기다렸어요. 당신은 누구시죠?"

"이름을 물으시는 건가요?"

"네."

"알라입니다."

"당신도 이름의 뜻은 모르시죠?"

"네, 관심 없어요."

"역시 그렇군요."

"당신이 찾던 책이 여기 어딘가에 있을 거라고 생각하세요?"

"아, 그 책이 설마 여기에 있을까요?"

"책을 찾고자했던 마음은 그대로인가요?"

"네. 찾을 수 있다면 꼭 찾아야죠. 혹시 그 책에 대해 뭔가 알고계신가요?"

"아니오. 그런 건 없고 그 책을 찾고자하는 당신의 마음이 흔들리고 있다는 건 알겠네요."

"그게 무슨 말씀이세요?"

"그 책의 제목이 뭐였죠?"

"제목이 없었죠."

"작가 이름은요?"

"작가 이름도 없었어요."

"그래서 당신이 그 책의 내용을 마음대로 바꿨군
요. 제목과 작가 이름이 없으니까 책의 내용을 무
시하게 된 거죠?"

"무시하지 않았어요. 책을 읽으면서 떠오른 저의
생각을 써뒀을 뿐이에요."

"책의 내용이 보이지도 않게 펜으로 그어버리고
당신의 글로 덮었잖아요."

"아니에요. 책의 내용은 충분히 보일 정도였고 제
가 쓴 글은 그 책과 관련된 내용이었어요. 본질을
망가뜨리지는 않았어요."

"그 책을 찾고 있는 건 확실한가요? 아니면 당신
이 써둔 글을 찾고 있는 건가요?"

"당연히 그 책을 찾고 있죠."

"그렇군요. 그럼 그것을 찾기 위해 어떤 노력을 했
죠?"

"책을 잃어버렸던 그 동네로 가서 여러 사람을 만
났죠. 사실 그 책을 잃어버렸다는 걸 오랫동안 몰

랐었거든요. 어느 날 집에서 작업노트를 보고 있다가 갑자기 떠올랐어요. 일 년 전쯤 춘천으로 작업여행을 갔을 때 그 책을 가져갔었는데 가져간 기억과 가져온 기억이 이어지지 않더라고요. 너무 놀라서 책상 서랍을 다 뒤져봤는데 찾을 수 없었죠. 민박집에 놓고 온 게 분명했어요."

"민박집에 가봤더니 거기엔 없던가요?"

"그때 제가 작업여행을 마치고 집으로 돌아온 직후에 그곳에 산사태가 일어났는데 그 민박집이 그대로 묻혀버려서 지금은 공터로 남아있더라고요."

"그럼 포기해야겠군요."

"그런데 그 민박집은 이름만 민박이지 주인은 집을 따로 두고 출퇴근하셨던 게 생각나서 동네 주민들을 통해 민박집 주인의 연락처를 알아냈죠. 혹시 책을 집에 보관하고 계실지도 모르니까요."

"뭐라고 하시던가요?"

"손님들이 두고 간 물건들은 매번 그날 즉시 마을

회관으로 옮겨뒀었다고 하더라고요."

"그런데 마을회관에도 없던가요?"

"네. 저는 산사태가 일어나기 며칠 전에 나왔기 때문에 분명히 제 책을 마을회관에 가져다 놓았을 텐데 그게 어디로 갔는지 모르겠네요."

"동네 주민들은 뭐라고 하던가요?"

"주민들 모두 그런 책을 본 기억이 없다더군요. 그럼 당연히 누가 가져갔는지도 알 수 없는 거죠."

"그럼 그냥 서점에 가서 그 책을 다시 사는 게 낫겠네요."

"그건 좀…."

"왜요? 책에 적어둔 당신의 글을 찾는 게 아니라 그 책을 찾는 거라면서요."

"아직 포기하기엔 이르죠. 혹시 모르니 춘천에 한 번 더 가서 찾아볼 거예요."

"당신의 글을 잊지 못했군요."

"당연히 잊지는 못하죠. 그게 잘못인가요?"

"당신은 그 책의 본질을 망가뜨리지 않았다고 하지만 이미 망가진 모습이 선명하게 그려지네

요."

"그게 무슨 말이죠?"

"잃어버린 그 책을 지금 누군가가 읽고 있다고 생각해봅시다. 그 사람은 그 책의 본질을 제대로 느끼지 못하겠죠. 당신이 적어둔 글들 때문에 혼란스러울 거예요."

"아까도 말씀드렸지만 제가 쓴 글은 그 책의 내용을 방해하지 않아요. 누가 읽더라도 충분히 얻어낼 수 있어요. 저의 글까지 얻어낸다면 그 사람은 또 다른 세계관을 얻게 되는 거죠."

"그건 당신 생각이죠. 당신은 그 책을 쓴 작가에게 사과해야 돼요. 작가는 그 작품을 통해 많은 이야기를 하고 싶었을 거예요. 당신 때문에 이야기의 범위가 좁아졌어요."

"알라 씨의 생각도 마찬가지죠. 그 생각이 모두에게 박수 받을 수는 없어요. 그건 읽는 이에게 맡기면 되는 일이에요. 작가가 뭘 말하려는지 읽는 이가 스스로 찾는 거죠."

"혹시… 그 작가가 누군지 알고 있는 거 아닌가

요? 작가에게 악감정이….”

“악감정이라니요. 난 중심을 믿어요. 세상에 태어
난 모든 것들은 때가 묻고 바람에 스치기 마련이
죠. 그 책이 중심이라면 난 그것에 묻은 때를 닦
고 바람을 막아주는 역할을 한 거예요. 다시 한
번 말하지만 난 그 책의 내용을 방해하지 않았어
요. 중심은 함께 만들어 나가는 거죠.”

“그럼 다시 물어볼게요. 당신은 그 책과 당신의 글,
두 가지 모두 원하고 있군요.”

“그렇다고 할 수 있죠.”

“아까는 왜 책만 찾고 있다고 했죠? 중심은 함께
만들어나가는 것이라고 하셨으면서 둘을 떼어놓
으려 하시네요.”

“그런 의도는 아니었어요.”

“당신이 적어놓은 글에 대한 믿음이 부족한 거군
요. 둘 다 가지고 싶지만 중심이라고 생각하는 그
책에 비하면 당신의 글이 초라하다고 생각하는
거죠?”

“알라 씨는 제가 그 책에 글을 적어놓은 것에 대

해 불만이 있으시군요."

"불만이라기보다는 당신의 말 속에 힘이 느껴지지
않아서요."

"우리 모두 완벽한 존재가 되기 위해 사는 건 아
니잖아요. 부족한 부분을 채우며 살다보면 또 다
른 한쪽이 비워지기도 하는 거죠. 그 책에 비해
나의 글이 초라하다고 느껴져도 괜찮아요. 더 노
력하면 돼요. 언젠가는 책의 내용과 나의 글이 자
연스럽게 이어질 거예요."

"본질을 깨버리지 않도록 조심하세요. 당신의 글이
그 책의 내용을 덮어버리는 순간 모든 것을 잃게
될 수도 있어요."

"알아요. 그 책이 있기에 제가 존재하고 글이 존재
하는 거죠."

"그리고 당신의 글이 그 책의 본질에 도움이 되는
지 다시 생각해볼 필요가 있어요. 중심을 함께 만
들어가는 것에 대해 다시 생각해보는 거죠."

"알라 씨가 걱정하실 일은 아니에요. 난 이미 중심
을 믿고 있어요. 충분한 소통을 거치며 함께 만들

어갈 거예요."

"책을 잃어버렸다는 걸 한동안 몰랐다고 했죠? 어떻게 그럴 수 있죠? 당신에게 중요한 중심이라면서요."

"가끔은 소중한 존재의 소중함을 잊고 살 때가 있죠. 그건 내 잘못이에요. 인정해요."

"그 책을 다시 찾게 된다면 앞으로는 절대 그 소중함을 잊지 않을 각오가 되어있나요?"

"그럼요. 당연하죠."

"지켜볼게요. 그렇게 살아가는 당신의 모습을."

"그래요, 지켜보세요. 의심하지 말고요."

"의심이라…."

"알라 씨가 계속 저를 의심할 거라는 걸 잘 알아요."

"난 의심하지 않아요. 당신 스스로 하는 거예요."

"됐어요, 그만해요. 숨이 막혀오기 전에 그만하죠, 이제 그만해요."

"기다렸어요?"

눈을 뜨기 전부터 숨이 막히기 시작했다. 나의 공간이 어떻게 변했는지 느껴졌다. 방 안을 자세히 살펴볼 필요도 없었다. 그와 눈이 마주친 순간부터 어떤 대화를 하게 될지 알 수 있었다.

"당신은 누구시죠?"
"이름을 말씀드리면 되나요?"

"네."

"느아카입니다."

"이름의 뜻을 물어볼 필요는 없을 것 같고, 여길 이렇게 바꿔놓은 이유를 묻고 싶네요."

"내가 바꿔놓은 게 아니에요. 여긴 당신에게 익숙한 공간이잖아요. 엘리베이터."

"그래요, 익숙하죠. 엘리베이터 안에 들어와 있을 때 많은 생각을 하니까요."

"많은 생각이요? 한 가지 생각이라고 알고 있는데…. 그것 때문에 지금 그렇게 숨이 막히는 거잖아요."

"그 한 가지 생각으로 인해 많은 생각을 하게 되죠."

"아직도 그 사람을 기다리나요? 오늘은 저를 기다렸나요?"

"네, 난 항상 그 사람을 기다려요. 그리고 당신도 만나고 싶었어요. 이곳에서 제가 하는 모든 생각은 나만의 것이에요. 느아카 씨와 나누고 싶지 않아요. 이 말을 하고 싶었어요."

"그래요, 알아요. 저는 당신의 생각을 훔치지 않았어요. 그냥 이곳에 존재할 뿐이죠."

"제발 부탁인데 그럼 제 생각에 끼어들지 말아요. 저는 이곳에서 조용히 그 사람을 기다리고 싶어요."

"제가 뭘 어떻게 끼어들었다는 말이죠?"

"그 사람이 오지 않을 거라는 말을 끊임없이 하고 있잖아요."

"제가 그랬나요? 저는 당신을 지켜봤을 뿐이에요. 당신은 11층에서 엘리베이터를 타려고 기다리다가 문이 열렸을 때 그 사람이 그 안에 서있기를 바라고, 엘리베이터 안에서는 1층 문이 열렸을 때 밖에 그 사람이 서있기를 바라잖아요."

"네, 맞아요. 언젠가 그 사람이 서있을 거라고 믿으니까요. 그런데 느아카 씨는 문이 열릴 때마다 의심하게 만들잖아요. 포기하길 바라는 것 같다고요."

"그런 의도는 아니에요. 이곳에 오지 않을 수도 있으니 계속 그렇게 기다리기만 하지 말고 찾아가라는 뜻이었어요."

"느아카 씨는 그 사람과 나에 대해 아무것도 모르
잖아요. 지금 제가 해야 할 일과 할 수 있는 일은
기다리는 거예요."

"그런 당신의 모습이 정말 안타까워요. 그러다가
그 사람이 멀리 떠나버리면 어떡하죠? 뭘 믿고
그렇게 기다리기만 하는 거죠?"

"나는 중심을 믿어요. 그동안 스스로 숨겨왔던 잘
못을 모두 다 꺼내서 한 장 한 장 깊게 읽을 거
예요. 그리고 죄를 고백하며 용서를 구할 거예요.
그렇게 지내다보면 중심을 통해 그 마음이 전달
될 거라고 믿어요. 중심을 믿지 않으면 내가 원하
지 않는 일들이 앞을 가로막게 되어있어요."

"그게 가능한가요? 지금 당신의 마음이 황폐하기
때문에 말도 안 되는 개념을 만들게 된 건 아니
고요?"

"지금 이 순간까지 살아오면서 직접 겪고 느꼈어
요. 내가 증인이에요. 이번 일도 중심을 붙잡으면
잘 해결될 거예요."

"그렇다면 당신은 지금까지 뜻대로 되지 않은 일이 없겠군요. 중심을 잃지 않았다면 모든 일이 다 잘 됐어야 하는 거 아닌가요? 이번 일도 그렇고요."

"그건 아까도 말했듯이 잘못을 숨기며 살고 있기 때문에 문제가 생기는 거예요. 중심은 나를 배신하지 않아요. 내가 중심을 배신했기 때문에 고통이 시작되는 거죠."

"그렇군요. 그럼 그 사람이 언제쯤 이 엘리베이터를 탈거라고 생각하세요?"

"오늘 올 거예요. 오늘 그 사람이 올 거예요. 난 그렇게 믿고 살아갈 거예요. 그렇게 믿고 살다보면 그 사람이 정말 오늘 내 눈앞에 서있겠죠."

"지치지 않을 자신 있나요? 끝없이 기다리기만 해야 할 수도 있잖아요."

"절대 지치지 않아요. 끝은 반드시 올 거예요. 그게 정답이죠."

"그럼 이렇게 생각해보죠. 그 사람도 당신과 똑같은 마음으로 중심을 붙잡고 당신을 기다리고 있다면 상황이 달라지지 않을까요? 그 사람에게 달려가고 싶은 마음이 생길 때가 있죠? 그게 그 사람이 중심을 통해 당신에게 마음을 전달하고 있는 거라면 어떻게 하시겠어요?"

"아니에요. 모든 잘못은 내가 했어요. 그 사람이 나에게 마음을 전달하길 바라는 건 정말 또 다른 죄를 짓는 거죠. 죄를 고백하고 용서를 구하는 일은 제가 해야 할 일이에요."

"당신 참 무서운 사람이군요. 지금까지 한 말이 모두 진심인가요? 그 일이 쉽게 해결되길 바라고 있는 것 아닌가요? 중심을 붙잡고 용서를 구하는 일? 좋아요, 그건 마땅히 해야 할 일이라고 해둡시다. 그런데 그것만으로 끝내면 안 된다고 생각해요. 당신이 조금 더 그 사람을 들여다보고 원하는 걸 찾는 게 맞아요."

"그 사람은 내가 이렇게 기다리는 것을 알면 더 힘들어 할 거예요. 차곡차곡 쌓아올리던 그 사람의 생각과 감정을 무너뜨리게 될 수도 있어요. 전혀 도움이 되지 않아요. 당신보다 내가 그 사람을 더 잘 알아요."

"엘리베이터 얘기를 좀 더 해보죠. 당신이 이곳에
들어오고 나갈 때 그 사람을 보지 못하면 마음이
어떤가요? 실망스럽죠?"

"마음이 아픈 건 사실이지만 지금은 어쩔 수 없죠.
내가 버텨내는 게 당연한 일이니까요."

"솔직히 털어봐요. 그 사람을 원망하고 있죠?"

"아니요. 느아카 씨는 내 마음을 몰라요. 난 그 사
람을 떠올리면 미안함과 고마움이 눈앞에 나타나
요. 다른 감정을 찾아본 적도 있었지만 나타나지
않았어요."

"아직 멀었군요. 조금 더 기다려 봐요. 당신이 알지
못했던 감정들이 엘리베이터 안을 가득 채울 거
예요. 당신의 눈빛도 바뀌겠죠."

"그런 말에 넘어가지 않을 거예요. 내가 아니라 느
아카 씨의 눈빛이 달라질 거예요. 내 말이 맞았다
는 것을 알게 되면 느아카 씨는 더 이상 그 누구
에게도 목소리를 들려줄 수 없게 될 테니까요."

"그럼 중심에 대한 이야기를 나눠볼까요? 하루하

루 지나갈수록 중심에 대한 믿음의 색깔이 변해

가겠죠? 그 사람에게 당신의 마음을 전달해주지

않고 있다는 사실이 점점 선명하게 드러나잖아

요."

"아니요, 변하지 않아요. 하루하루 지나갈수록 그

믿음의 색깔이 더 뚜렷하게 보이거든요. 길을 걸

을 때 가끔 멈춰서 뒤를 돌아본 적이 있나요? 가

끔 그렇게 해보세요. 꿈을 꾸는 것 같은 기분이

들어요. 나는 이곳에 존재하지만 지나온 길엔 존

재하지 않죠. 내가 어떻게 여기까지 왔는지 알 수

없어요. 확실한 것은 내가 중심을 잡고 있다는 거

예요. 그 사람을 기다리는 것도 마찬가지죠. 중

심을 잘 잡고 있으면 그 사람이 이곳에 올 거예

요."

"우린 모두 의심이라는 걸 하고 살아요. 의심은 바

로 이럴 때 하는 거예요. 어떻게 여기까지 왔는

지 모른다고요? 의심을 해보세요. 무슨 일이 있었

는지, 어떤 감정을 거쳤는지 전부 다 생각날걸요?

그게 사는 거죠."

"그건 위험해요. 그렇게 하다보면 내가 잘못한 것을 버리게 돼요. 그걸 버리면 앞으로 아무것도 할수 없어요. 우리가 얼마나 나약한 존재인지 모르시는군요."

"저도 알아요. 그러니까 의심해보고 조심해야 할 것을 찾아야죠. 당장 그 사람에게 달려가세요. 가서 말하세요. 마음속에 담아뒀던 이야기들을 풀어놓으세요. 시간이 없어요."

"같은 말을 반복하게 만드는군요. 그건 내가 할 수 없는 일이에요. 결말은 내가 만드는 게 아니에요. 내가 만들면 안 돼요. 결말이 무너지면 난 죽어요."

"당신을 이해할 수가 없네요. 그럼 기다려보세요."

"느아카 씨가 방해 하지 않길 바라요."

"당신은 날 다시 찾게 될 거예요."

"대답하지 않겠어요. 두고 보죠."

"기다렸어요?"

세 갈래 길이 보였다. 오토바이 한 대와 자동차 한 대가 서로 불편하지 않게 다닐 수 있는 넓은 골목, 오토바이 한 대와 사람 한 명이 서로 신경 쓰지 않고 다닐 수 있는 적당한 넓이의 골목, 마지막으로 자전거 한 대와 사람 한 명이 딱 맞게 다닐만한 좁은 골목.
그는 세 갈래 길이 만나는 곳에 서 있었다.

"네, 기다렸어요. 누구세요?"

"이름이요?"

"네."

"샤마입니다. 언제부턴가 제 이름이 샤마 라는 걸 알게 됐어요. 뜻은 모르고요."

"그렇군요."

"아직도 고민하고 있나요?"

"고민이요?"

"당신이 선택한 길이 맞는 길인지 알 수 없어서 괴로워하고 있잖아요."

"길을 오래 걷다보면 발바닥이 욱신거리고 허리가 뻐근한 느낌을 받을 때가 있죠. 그런 순간을 만난 것뿐이에요. 이 길을 선택한 것에 대한 후회는 없어요. 맞는 길이라고 생각해요."

"계속 다른 길을 들여다보고 있었잖아요."

"그건 그저 말 그대로 들여다본 거죠. 길은 얼마나 넓은지, 오르막과 내리막은 어느 정도인지, 바닥에 돌이나 쓰레기는 얼마나 있는지, 날씨는 어떤지, 그 길을 걷고 있는 사람들은 어떤 모습인지…. 그런 가벼운 의미였죠."

"그래요? 그럼 그렇게 들여다본 소감이 어떤가
요?"

"재미있더군요. 나의 길과 다르면서도 다르지 않아
요. 다를 거라고 생각했던 부분은 다르지 않았고,
다르지 않을 거라고 생각했던 부분은 다르더군
요."

"매력적인 부분은 없었나요?"

"나의 길과는 다른 부분들이 모두 매력적이었어요.
원래 겪어보지 않은 일에 관심이 가는 거 아니겠
어요? 특히 다른 길을 걷고 있는 사람들을 보고
놀랐어요. 걷는 방식이 다르다는 게 매력적이더
라고요."

"어떻게 다르던가요?"

"보폭과 속도가 다르더군요. 팔의 움직임도 다르고
요."

"그게 매력적으로 느껴질 수가 있나요?"

"그럼요, 충분히 매력적이죠. 그게 바로 마음가짐
이니까요. 길이 다른 만큼 마음가짐이 다르더라

고요. 저는 다 똑같을 줄 알았거든요."

"그 매력에 빠져서 고민을 하고 있는 거군요."

"네? 아니에요. 매력을 느끼긴 했지만 아까 말했듯
이 이 길에 대한 후회는 없어요. 저의 마음가짐
도 다른 길을 걷는 이들 만큼 훌륭하다고 생각해
요."

"잠시 다른 길을 걸어볼 마음은 없나요?"

"지금 이 길을 선택하기 전에 아주 잠깐 다른 길
의 시작점을 밟아봤었죠. 그런데 첫 걸음을 뗄 수
가 없었어요. 영 내키지 않았거든요. 그땐 몰랐
는데 지금 생각해보니 마음가짐이 달라서 그랬
던 것 같아요. 저는 다른 길을 갈 수 없는 사람이
죠."

"난 생각이 달라요. 마음가짐은 정해져있는 게 아
니에요. 충분히 바꿀 수 있죠. 발바닥이 욱신거리
고 허리가 뻐근하다고 했죠? 그게 바로 마음가짐
을 바꿔야한다는 신호일 수도 있어요."

"샤마 씨는 제가 이 길을 걷는 것이 잘못되었다고
생각하는군요."

"안타까울 뿐이죠. 안타까워요. 오랫동안 걸어봤으면 어느 정도 감이 오잖아요. 마음가짐을 바꿔보는 것도 좋을 것 같아요. 다른 길을 들여다본 것은 아주 잘한 일이에요."

"당장 바꾸라는 말인가요?"

"네, 바꿔요. 시간이 없어요. 다시 돌아가는 길은 아주 빠르고 편해요. 처음으로 돌아가서 다른 길의 시작점을 밟아보세요. 지금이 아니면 기회가 없을지도 몰라요."

"샤마 씨가 책임질 수 있어요?"

"지금 눈앞에 펼쳐진 상황들을 보세요. 어두움과 두려움뿐이군요. 이 길은 이미 끝났어요. 바꿔요, 바꿔."

"책임질 수 있냐고 물었어요. 대답하세요."

"내가 책임질 수는 없죠. 난 지금 당신에게 도움을 주고 있는 거예요."

"그런 무책임한 도움은 필요 없어요. 난 중심을 믿어요. 어두움과 두려움이 보이는 건 내 마음이 힘들기 때문이에요. 중심을 잘 붙잡고 마음을 정리하면 다시 밝아질 거라고 믿어요."

"당신도 무책임하네요. 당신의 인생을 무책임하게
살아가는군요. 무슨 일을 하든 포기할 줄도 알아
야죠. 계속 물고 늘어지는 게 좋은 것만은 아니에
요."

"아직 이 길에서 밟아봐야 할 것들이 많이 남아있
어요. 더 밟아보지도 않고 길을 바꾸게 되면 그동
안 느꼈던 길의 모습과 냄새는 모두 사라져요."

"아니에요. 그건 그대로 남아있을 거예요. 나중에
다시 이 길로 돌아오게 되면 그대로 이어서 걸어
가면 돼요."

"그것도 그냥 하는 말이죠? 책임질 수 없잖아요."

"제가 책임질 수는 없지만 좀 전에 말한 그 부분
은 걱정하지 않아도 될 거예요. 그동안 당신이
잘 간직해왔으니 절대 지워지지 않아요. 다른 길
로 가버린다고 그게 지워지는 건 말이 안 되잖아
요?"

"샤마 씨를 믿을 수 없어요. 난 지금 이대로 만족
해요. 다른 길로 갈 이유가 없는데 왜 샤마 씨의

말을 들어야하죠?"

"난 당신의 길을 책임질 수는 없지만 당신의 내면
을 잘 알기 때문에 이렇게 얘기하는 거예요. 다
른 길을 걸어보고 싶은 마음이 없는 건 아니잖아
요."

"누구나 그런 마음을 갖고 있겠죠. 그건 그저 단순
한 호기심이에요. 호기심만으로 어떤 것을 쉽게
선택하는 것은 매우 위험해요. 그렇게 살다보면
걷는 동안 아무것도 얻지 못하고 결국 끝 지점에
서 후회하며 절망에 빠지게 되겠죠."

"어쨌든 다른 길을 걸어보고 싶은 마음이 있다는
게 중요한 거죠. 지금은 단순한 호기심이라고 느
껴지겠지만 시간이 조금 더 흐르면 그 마음이 깊
은 관심으로 바뀔 거예요."

"바뀌지 않아요. 지금까지 다른 길에 대한 마음은
호기심에서 벗어난 적이 없어요. 말 그대로 저와
다른 길이기 때문에 앞으로도 지금과 같겠죠."

"지금 걷고 있는 이 길의 끝 지점에서도 후회와
절망을 만나게 될 수도 있다는 생각은 안 해보셨

나요?”

“그럴 수도 있겠죠. 나중에 후회하며 절망에 빠지게 될 수도 있겠죠. 뭐 어쩌겠어요, 그게 운명이라면…”

“그렇게 생각하고 넘겨버리면 안 돼요. 이건 당신에게 중요한 일이잖아요. 해보지도 않고 나중에 후회하는 것보다는 잠시라도 마음가짐을 슬쩍 바꿔 보는 게 좋지 않겠어요?”

“그래요, 나에게 중요한 일이죠. 하루하루 정해놓은 목표지점까지 걸어가는 게 중요해요. 다른 길로 걸음을 옮긴다고 뭐가 더 나아지는 건 아니에요. 시간낭비일 뿐이죠.”

“그럼 이렇게 해보는 건 어때요? 다른 길을 조금 더 들여다보는 거예요. 그리고 그 길을 걷는 이들과 대화를 해보세요. 그렇게 다른 길의 매력을 더 찾아보고 비교해보세요. 후회 없는 결정을 위해서요.”

“그들이 솔직하게 대답을 해줄까요? 나를 먹잇감으로 만들기 위해서 미끼를 내걸지 않을까요?”

"경쟁상대가 될 수도 있기 때문에 오히려 미끼를 감추는 이들이 더 많을 거예요. 그렇게 된다면 솔직한 이야기를 들을 수 있는 기회가 생기겠죠."

"일단은 매일 목표지점까지 걸어가는 것에 집중하고 어쩌다 시간이 남으면 그때 다시 다른 길을 들여다볼게요."

"시간이 없다는 걸 꼭 기억하세요. 지금이 아니면 기회가 없을지도 모른다는 것을요."

"샤마 씨의 말씀은 잘 알아들었으니 이젠 제가 결정하면 돼요. 저는 중심을 잘 붙잡고 현명한 선택을 할 거예요. 다른 길로 바꿀 마음은 전혀 없지만 샤마 씨의 조언은 감사히 받을게요. 그러니까 앞으로는 이곳에 오지 말아주세요."

"다른 길을 다시 들여다보긴 할 건가요? 꼭 보셔야 해요."

"아까 말씀드렸듯이 시간이 남으면 들여다볼게요."

"혹시 당신이 잊을 수도 있으니 제가 잘 지켜보고 있을게요."

"지켜보는 건 샤마 씨 마음이지만 이곳에 찾아오
지는 말아요. 내가 알아서 할 테니까."

"표정이 왜 그래요? 속이 안 좋으세요?"

"아니에요, 숨이 잘 안 쉬어져서…. 이제 그만하
죠."

2020년4월6일 01:06 / 1104호 - 빈 공간

"기다렸어요?"

창문이 보였다. 똑같은 크기의 창문이 수없이 많았다. 어지러울 정도였다. 바깥바람이 시원하게 들어올 만큼 활짝 열려있는 창문은 한두 개 밖에 없었다. 나머지는 모두 닫혀있었다.

그가 다시 나에게 물었다.

"기다렸어요?"

"네."

"반가워요. 저 누군지 아시죠?"

"아니요, 제가 어떻게 알겠어요."

"모르시는군요. 저는 자카르입니다."

"무슨 뜻이죠?"

"이름이요?"

"네."

"그건 알 수 없어요. 제가 지은 이름이 아니거든
요."

"역시 그렇군요."

"그나저나 아직도 창문을 열어볼 마음이 없나
요?"

"지금 열려있는 것만으로도 충분해요. 다른 건 그
대로 두고 싶어요."

"답답하잖아요. 당신 오줌 속이 답답하고 숨 쉬는
게 힘들죠? 힘들 때마다 밖을 내다보면서 시원한
공기를 마시는 게 일이잖아요. 숨 쉴 수 있는 창
문이 더 많아지면 좋은 거 아닌가요?"

"창문을 열게 되면 공기를 마시는 것 한 가지로

끝나지 않아요. 밖에 있는 무언가를 보게 되죠. 그게 문제가 되는 거예요. 보고 싶지 않은 것을 보게 될 수도 있거든요."

"그게 두려워서 열어보지 않고 그냥 두는 거예요? 평생 그렇게 살 건가요?"

"언젠가 열어보고 싶은 마음이 생길 수도 있겠죠. 열어보지 않고 이렇게 살다가 죽을 수도 있고요."

"지금은 그런 마음이 없다고요? 난 당신을 잘 알아요. 닫혀있는 창문을 볼 때마다 열어보고 싶은 마음이 생기잖아요. 시간이 지날수록 그 마음이 점점 자라나고 있죠?"

"저도 사람이니까 매순간 감정에 따라 여러 가지 생각이 꿈틀거릴 때가 있죠. 그건 아주 가벼운 거예요. 아무 의미가 없죠. 창문을 열어보고 싶은 마음이 자라난다는 건 자카르 씨의 생각일 뿐이에요."

"그렇게 계속 그런 생각을 밀어내다보면 평생 여기서 멈춰있게 될 거예요. 열어보고 싶은 마음이

자라날 수 있게 그냥 두세요. 두려움 때문에 새
로운 기회를 흘려보내는 건 너무 안타까운 일이
죠."

"난 중심을 믿어요. 중심을 통해 그 마음의 색깔이
선명해지면 그때 열어볼 거예요."

"중심이라는 게 뭘 의미하는지는 모르지만 그 중
심의 의도는 더 깊은 곳에 있을 수도 있어요. 닫
혀있는 창문들 중 하나만이라도 열어보고 밖에
있는 것에 대해 극복하길 바라고 있다면요?"

"그건 제가 함부로 결정할 일이 아니에요. 극복이
라는 걸 하려면 많은 준비가 필요해요. 그 준비의
범위 안에는 시간도 들어있죠. 지금은 시간을 보
내며 참아야할 때라는 것을 잘 알아요. 조용히 덮
어두고 잊고 살면 돼요. 언젠가 마음의 색깔이 선
명해지면 드디어 때가 왔다는 걸 알게 되겠죠."

"중심의 뜻을 잘 아는 것처럼 말씀하시는군요. 나
중에 당신의 생각이 잘못됐다는 느낌이 강하게
들 때쯤이면 지금보다 더 쓰라린 어두움과 두려
움이 당신을 괴롭힐 거예요."

"자카르 씨는 중심을 모르기 때문에 그렇게 생각
하는 거겠죠. 그럴 수 있어요. 내가 아는 중심은
어떤 과정 속에 어두움과 두려움을 섞어서 내 삶
을 바로 서게 하죠. 어두움과 두려움은 과정 속에
만 있을 뿐이에요. 그 끝에 도달하게 되면 중심이
그것들을 모두 잊게 만들어줄 거예요."

"그렇군요. 그럼 지금 열려있는 저 창문은 언제 열
게 되었나요? 어떻게 열었죠?"

"그건 사실 나 혼자만의 힘으로 된 게 아니에요.
사랑하는 사람들과 함께 열었어요. 이곳에 처음
왔을 때 그들과 함께 내 삶을 만들어가기 시작했
죠. 저 창문을 시원하게 열 수 있도록 중심이 허
락했고 사랑하는 이들이 도움을 줬어요."

"운이 좋았군요. 당신을 돕는 사람들이 있다는 게
다행이네요. 그 창문을 열어보니 뭐가 보이던가
요?"

"그땐 아주 밝은 빛이 보였어요. 맑은 공기와 잔잔
한 소리가 느껴졌죠."

"지금도 그게 보이나요?"

"지금은 달라졌어요."

"어떻게 달라졌나요?"

"지금은 사랑하는 사람들의 모습이 보여요. 이곳에서 그들과 함께 만들었던 내 삶이 배경이에요. 그 안에서 그들이 나를 지켜주고 있어요."

"그래서 당신이 창밖을 보면서 숨을 쉬는 거군요. 그렇다면 다른 창문들도 그런 아름다운 것과 연결될 수 있지 않을까요? 보고 싶지 않은 것을 보게 될 수도 있다는 두려움은 왜 생겨난 거죠?"

"살다보면 떠올리고 싶지 않은 일들을 겪게 되죠. 남들과 상처를 주고받는 일이나 스스로 숨기고 싶은 비밀들이 생겨요. 준비가 되지 않은 상태로 그런 것들을 보게 되면 숨을 쉬는 게 더 힘들어져요."

"그럴 땐 다시 창문을 닫으면 되지 않나요?"

"닫을 수 있을까요? 저는 그게 불가능하다고 생각해요. 눈으로 무언가를 본 순간부터 그것에 푹 빠지거든요. 그걸 극복해야 아무렇지 않게 숨을 쉴 수 있는데 그게 어려운 거죠."

"중심을 잘 잡고 창문을 열어볼 준비가 될 때까지 기다리는 것보다는 용기를 갖고 도전하는 게 더 중요해요. 그게 옳은 방법이에요. 스스로 수렁에서 빠져나올 수 있는 힘을 기르세요."

"중심을 잘 잡고 있으면 힘이 생길 거라고 믿어요. 잘 알고 잘 하는 것도 없이 움직이다보면 더 깊은 수렁으로 빠지게 될 거예요."

"참 안타깝네요. 당신은 지금까지 혼자만의 힘으로 열어본 창문이 하나도 없잖아요. 한 번 실패할 수도 있죠. 두려움에 떨고 있지 말고 도전하세요. 누군가의 도움 없이도 할 수 있다는 자신감이 생길 거예요."

"이건 그런 단순한 문제가 아니죠. 두려움에 떨지 말고 도전하라는 말은 누구나 할 수 있어요. 우리 모두의 머릿속에 있는 말이에요. 이건 나 자신의 중심에 대한 믿음의 문제라고요. 치유하는 법을 알아야 상처를 제대로 볼 수 있는 거예요. 난 지금 그 과정을 겪고 있어요."

"일단 알겠어요. 아까 말한 창문 말고 하나정도 더

열려있는 것 같은데, 맞아요? 창문이 너무 많아서
당신도 잘 모르죠?"

"하나 더 열려있는 거 알고 있어요. 얼마 전부터
그 곁으로 가지 않고 있죠."

"왜요?"

"뭐가 보일지 알거든요. 저것도 누군가와 함께 열
었어요. 매일 밖을 내다보며 함께 숨을 쉬었던 기
억이 있는데 지금은 그럴 수 없게 됐죠."

"사실은 저도 잘 알아요. 당신이 누구와 함께 열었
는지, 왜 곁으로 가지 않고 있는지 다 알아요."

"그럼 그 얘기는 하지 않아도 되겠군요. 다 알고
계시니까요."

"언제까지 그냥 이렇게 멀리서 보고만 있을 건가
요? 지금 어떤 상태인지 알고 있는 게 좋지 않을
까요?"

"저 창문은 열려있지만 닫혀있는 것과 같아요. 지
금은 보고 싶어도 볼 수가 없죠. 아직 준비가 되
지 않았어요. 중심을 통해 색깔이 선명해지면 그
때 가까이 다가갈래요."

"그때까지 참을 수 있어요? 다른 창문들과는 다르
잖아요. 뭐가 보일지 알고 있으니까…. 색깔이 선
명해질 때까지 버틸 수 있을까요?"

"어쩔 수 없잖아요. 지금 당장 저 밖을 내다보면
나는 한없이 무너질 거예요. 시간이 아주 조금만
지나면 밖에 있는 존재의 표정과 분위기가 달라
질 거라고 믿어요. 그때까지만 기다리면 돼요."

"혹시 밖에서 당신을 기다리고 있지는 않을까요?
당신이 아무렇지 않은 듯 밝은 얼굴로 밖을 내다
보면 뭔가 기적이 일어날 것 같은 느낌이 들지
않나요?"

"아니에요. 모든 일은 중심을 통해 해결된다는 것
을 믿어요. 지금 내가 할 수 있는 일은 기다리는
거예요. 중심을 잘 잡고 마음이 흔들리지 않게 버
티는 거예요."

"난 당신을 응원하지만 당신의 그 선택을 응원하
지는 않겠어요. 창문은 언제든지 열어서 밖을 보
기 위해 만들어진 거예요. 이미 열려있는 창문조
차 그렇게 보지 않고 내버려둔다면 이 공간은 당

신에게 아무 의미가 없겠네요."

"이 공간은 내 마음속에 차분하게 정리되어있어요. 이렇게 눈앞에 정신없이 나타나게 된 건 자카르 씨 때문이에요. 자카르 씨가 자꾸 내 마음을 어지럽게 하면 아무것도 해결되지 않아요. 오늘 만나서 이 말을 꼭 하고 싶었어요. 저를 가만히 내버려두세요."

"내가 당신의 마음을 어지럽게 했다고요? 정말 그렇게 생각해요?"

"당연하죠. 저는 이미 정리를 했어요."

"그렇군요. 그럼 다음에 누가 먼저 이곳에서 기다리고 있을지 두고 보죠."

"그래요, 그렇게 해요."

"난 먼저 갈게요. 당신은 열려있는 창밖을 보면서 시원한 공기를 마시고 가세요. 호흡이 불안해 보이는군요."

"네, 가세요."

"기다렸어요?"

 시커먼 연기가 방 한가운데에 놓인 작은 탁자를 감싸고 있었다. 탁자 위에는 물이 가득 담긴 물병과 약봉지가 올라가있었다. 시커먼 연기 때문에 잘 보이지 않았지만 바닥에는 약을 다 먹고 버린 빈 봉지가 셀 수 없이 많았던 것 같다.

 그는 탁자 앞에 서서 두 팔을 좌우로 흔들며 시커먼 연기를 밀어내고 있었다. 방을 조금 더 둘러보고 싶었지만 그

의 그런 행동이 너무 기괴하게 느껴져서 그것을 멈추게
하려고 서둘러 대답했다.

"네, 기다렸어요. 누구세요?"

"날 기다리고 있었다면서 내가 누군지도 몰라
요?"

"모르겠네요."

"저는 라아하입니다."

"좋은 이름이군요."

"제 이름의 뜻을 알고 있어요?"

"아니요. 그냥 느낌을 말한 거예요."

"아, 그렇군요. 하긴 저도 모르는 걸 당신이 어떻게
알겠어요."

"이 검은 연기는 뭔가요?"

"이건 당신이 잘 알잖아요. 당신이 뿜어내는 거잖
아요."

"제가 이걸 뿜어낸다고요? 그게 무슨 말씀이세
요?"

"당신이 머물고 간 자리에는 이렇게 시커먼 연기

가 남아있더군요. 언제부터 시작된 건지는 모르지만 내가 당신을 만날 때마다 항상 이렇게 어두웠어요."

"라아하 씨가 만들어 놓은 공간이잖아요. 이 연기도 그쪽이 만든 거 아닌가요?"

"제겐 그런 능력이 없어요. 당신 때문에 시작된 거예요. 나도 당신 때문에 이곳에 오게 된 거죠."

"기분이 좋지 않네요. 언젠가는 사라지겠죠."

"이 약봉지는 당신에게 익숙하죠?"

"네, 알아요. 힘들 때 먹는 약이죠. 밖에 나가서도 먹을 수 있게 외출복 주머니에도 넣어뒀어요."

"정말 잊지 않고 잘 먹고 있나요?"

"가끔은 먹지 않을 때도 있죠. 필요할 때만 꺼내 먹으니까요. 참을 수 있으면 참아보려고 노력해요."

"거르지 말고 다 먹어야 끝까지 이겨낼 수 있잖아요. 약을 갖고 있으면서 굳이 참는 이유는 뭐죠?"

"매일 약에 의존하고 있는 저의 모습이 한심하게

느껴졌어요. 어느 순간부터 약을 먹으면 모든 게 해결될 것이라고 믿고 있더라고요."

"모든 게 해결되지는 않지만 매순간을 버틸 수는 있잖아요. 지금 당신은 버텨야 돼요. 어떤 식으로 든 일이 해결될 때까지 기다리면서 버텨야죠."

"라아하 씨의 말대로 나는 끝까지 버틸 거예요. 그 런데 그거 알아요? 여행을 마치고 집에 돌아왔 을 때 가장 기억에 남는 장면은 목적지의 풍경이 아니에요. 목적지까지 가는 동안 함께 나눈 대화, 함께 나눈 음식, 함께 나눈 공기가 가장 중요한 기억이죠. 그게 가장 기억에 남는 장면으로 눈앞 에 펼쳐지거든요. 나는 스스로에게 부끄럽지 않 은 기억을 남기고 싶어요. 약을 먹는 게 나쁜 건 아니지만 너무 깊이 빠지면 안 돼요."

"무슨 말인지는 알겠어요. 그런데 그게 쉬울까요? 지금까지 참을 수 있었던 건 증상이 심하지 않았 기 때문이에요. 그 병이 주는 고통은 갈수록 심 해질 거예요. 약을 먹지 않으면 무너질 수도 있어 요."

"정말 죽을 것 같은 느낌이 들면 약을 먹겠죠. 그 전까지는 참아봐야 다음 단계를 만났을 때 극복할 수 있어요."

"무너지는 건 한순간이에요. 참는 정도를 정할 수 있는 사람이 있나요? 약봉지를 뜯기도 전에 의식을 잃겠죠."

"제가 그걸 모르겠어요? 그동안 버티면서 그런 순간을 몇 차례 겪어왔다고요. 앞으로 증상이 더 심해질 거라는 것도 알아요. 그렇기 때문에 더 철저히 준비하려는 거예요. 우리가 입으로 먹는 약은 작은 알갱이에 불과해요."

"주머니에 항상 약을 넣고 다니는 분께서 하실 말씀은 아닌 것 같군요. 이 약을 먹고 버텨낸 순간들을 잊으셨나 봐요."

"잊지 않았어요. 도움을 많이 받았지만 그게 근본적인 해결책은 아니잖아요. 말 그대로 버틸 수 있게 도와준 것뿐이죠."

"그럼 약을 먹지 않고 참는 것은 근본적인 해결책을 불러올 수 있을까요? 말 그대로 그냥 참는 것이잖아요."

"그냥 참는 게 아니에요. 라아하 씨는 나를 몰라요. 병을 이겨내려는 사람이 그냥 덮어놓고 참는다는 건 말이 안 되죠."

"그럼 어떻게 참을 건가요?"

"계속 대화를 나누는 게 의미가 있을까요? 난 오늘 라아하 씨에게 부탁하려고 기다린 거예요. 내 머릿속에서 나가주세요. 제 생각과 마음을 방해하지 말아요."

"난 당신의 허락 없이 들어온 적이 없어요. 그리고 당신의 생각과 마음을 방해한 적도 없고요."

"그래요? 그럼 앞으로는 허락하지 않겠어요. 들어오지 않으면 내 생각과 마음을 움직일 수도 없겠죠."

"알겠어요. 당신이 나를 부르기 전엔 절대로 들어오지 않을게요. 늘 그래왔듯이."

"그럼 더 이상 대화를 이어갈 필요가 없겠죠? 그만 돌아가세요."

"아니요. 마지막일 수도 있으니 마무리는 하고 인

사하죠. 아까 말했던 참는 방법에 대해서 얘기해
줄래요?"

"그게 왜 궁금한 거죠?"

"당신을 통해 나의 생각이 바뀔 수도 있잖아요. 말
씀해주세요."

"그럼 짧게 하고 끝내죠."

"그래요, 좋아요."

"난 내 안에 있는 중심을 믿어요. 중심을 잘 붙잡
으면 모든 일이 해결될 거라고 믿는 거죠. 그게
지금까지 내가 살면서 얻은 모든 것이에요. 중심
을 잘 붙잡고 고통을 참아내면 조금씩 회복될 거
예요. 그냥 참는 것과는 다르죠. 버티는 것과도
달라요."

"이 고통이 시작된 이유는 무엇이라고 생각하세
요? 중심에서 벗어났던 적이 있나요?"

"네, 맞아요. 중심에서 벗어난 순간부터 고통이 시
작됐어요. 내 잘못이에요. 나 자신을 사랑하지 않
았기 때문에 지금 벌을 받고 있는 거죠. 중심을
잃고 휘청거렸던 날들을 기억하고 싶지 않지만

그것들이 눈앞에 나타나서 내 목을 조르고 입과 코를 막아요. 숨이 막혀서 심장이 뛰고 식은땀이 흐르죠. 그게 이 병의 증상이에요."

"그래서 다시 중심을 붙잡으려고 하는 거군요. 중심을 믿을 수밖에 없겠네요."

"네."

"다시 제자리로 돌아갈 수 있다고 생각하세요?"

"그럼요. 고통을 이겨내고 정상적인 삶으로 돌아갈 거예요."

"그럼 지금은 중심을 제대로 붙잡고 있다고 생각하시는 건가요? 그런데 왜 증상이 더 심해지는 걸까요?"

"아직 멀었어요. 벌 받는 사람이 불평하면 안 되는 거잖아요. 아무 말 없이 받아들이고 이겨내야죠."

"혹시 아직도 중심에서 벗어나 있는 건 아닐까요?"

"무슨 뜻이에요?"

"중심을 붙잡고 병을 이겨낼 거라면 이 약은 더

이상 먹지 않고 참아내는 것이 맞는 얘기 아닌가
요? 당신은 아직 약을 완전히 끊지 않았잖아요.
정말 죽을 것 같은 느낌이 들면 약을 꺼내먹겠다
고 했죠? 당신의 말대로 중심을 붙잡고 참아내려
면 주머니에 넣어둔 약까지 모두 바닥에 던져버
려요."

"그건 잘못된 생각이에요. 중심을 붙잡는 건 나 자
신을 붙잡는 것과 같아요. 절대 흔들리지 않게 스
스로를 붙잡는 거죠. 고통을 참아내려면 흔들리
지 않아야 해요. 흔들리지 않으려면 내가 할 수
있는 모든 노력을 다해야 되는 거죠. 중심을 붙잡
는 것과 동시에 지금 내가 할 수 있는 것은 약을
적당히 먹는 거예요."

"이해가 안 되는군요. 약을 먹긴 먹어야 된다는 말
이네요?"

"노력을 하지 않고 중심만 붙잡고 있는 것은 잘못
된 태도라는 뜻이에요. 약을 먹기 위해 마음과 몸
을 움직이고 시간과 돈을 쓰는 것도 노력이라고
할 수 있죠."

"난 그게 당신의 착각일 수도 있다고 생각해요. 이
도 저도 아닌 태도인 것 같아요. 중심을 붙잡고
싶긴 하지만 약도 포기할 수 없으니까 어쩔 수
없이 만들어낸 당신의 생각이겠죠. 어두움과 두
려움이 당신을 그렇게 만들었군요."

"라아하 씨가 이런 식으로 내 생각을 방해해도 바
꾸는 건 없어요. 난 그쪽을 무시할거예요. 아까
참는 방법에 대해 얘기해달라고 할 때부터 이미
알고 있었어요. 이런 식으로 방해할 것 같았어
요."

"난 당신을 위해서 하는 말이에요. 내가 하는 말
전부 당신을 걱정하는 마음으로부터 나온 거라고
요."

"이젠 다 끝났어요. 앞으로 절대로 나타나지 않겠
다고 했으니 그 약속 꼭 지켜주길 바라요."

"여기서 끝인가요? 아직 마무리가 안 된 것 같은
데…"

"더 할 마음이 없어요. 증상이 시작되기 전에 그만
할래요."

"그래요. 조만간 다시 만날 수 있겠죠."

"그럴 일은 없어요, 가세요."

그들을 불러들여서 싸우기 위해서는 집중과 몰입이 필요하다.

늘 그래왔듯이 오늘도 눈을 뜨기 전에 먼저 무언가를 느껴보려 했지만 아무것도 느껴지지 않았다. 집중과 몰입의 깊이가 충분하지 않은 상태라고 판단되어 다시 시작하기로 마음먹고 몸을 흔들며 눈을 떴다.

다시 시작하기 위해 숨을 한 번 크게 내쉬고 꿈의 내용을 적어놓은 종이를 들어 올리는 순간, 뭔가 이상한 느낌이 들었다. 평소와 다름없는 나만의 공간인데 어떤 한 가지가 달라진 것 같았다.

그것은 방 안 여기저기서 들리는 기분 나쁜 물방울 소리였다. 불규칙한 간격으로 들리는 그 소리를 따라 시선을 옮기다보니 멀미가 나기 시작했다. 잠시 고개를 숙여 정신을 가다듬고 있는데 그의 목소리가 들렸다.

"기다렸어요?"

늘 그래왔듯이 오늘도 집중과 몰입의 깊이는 충분했다. 아무것도 느껴지지 않는다고 해서, 아무것도 변한 게 없다고 해서 아무것도 없는 것은 아니다.
숨을 한 번 더 크게 내쉬고 그에게 대답했다.

"네, 기다렸어요. 오늘은 느낌이 조금 다르네요."
"그래요? 달라진 게 없는데 왜 그렇게 느끼셨을까요?"
"조금 달라졌어요. 그쪽은 이곳에 대해 이미 알고 있으니까 달라진 게 없다고 느끼겠죠."
"잘 생각해보면 당신에게도 익숙한 공간일 거예

요."

"지금 들리는 물방울 소리는 뭐죠? 그쪽이… 아,
이름을 먼저 물어봐야겠네요. 이름이….."

"야다입니다."

"야다 씨?"

"제 이름 어때요? 좋은 이름인가요? 난 뜻을 몰라
서요."

"저도 그 뜻은 모르겠네요."

"그래요, 모르시겠죠. 그건 그렇고 물방울 소리에
대해 얘기해볼까요?"

"도대체 이 소리는 뭐죠? 기분을 나쁘게 만드는
것 같아요."

"당신을 괴롭히는 모든 것이죠. 잘 들어보세요. 당
신이 잘 알고 있는 것들이잖아요."

"…."

"들리나요?"

"네, 들려요. 제가 잘 아는 것들이죠."

"어때요? 당신이 그것들을 계속 밀어내고 있었잖
아요."

"밀어내지 않았어요. 그동안 적응하려고 노력했고
앞으로도 받아들이기 위해 노력할거예요."

"왜 거짓말을 하실까? 당신은 물방울 소리가 들릴
때마다 주먹을 휘두르며 욕설을 내뱉었잖아요.
하던 일을 멈추고 어두운 쾌락을 찾아 밖으로 나
갔던 적도 많았죠. 그것들을 밀어내기 위해 그랬
던 것 아닌가요?"

"나도 사람인데 어쩌다 한 번쯤은 그럴 수 있는
거 아닌가요? 그렇게 밀어내려고 했던 날들도 있
었죠. 모두 과거의 일이에요."

"내가 아는 바로는 어쩌다 한 번이 아니었어요. 매
번 그랬죠. 그리고 과거의 일도 아니에요. 지금까
지도 매일 매순간 그것들을 밀어내고 있죠."

"지금은 예전과 달라요. 소리가 들릴 때마다 신경
이 곤두서고 몸이 뜨거워지는 건 사실이지만 주
먹을 휘두르거나 욕설을 내뱉지는 않아요. 어두
운 쾌락을 찾지도 않고요."

"그럼 요즘엔 아무것도 하지 않고 가만히 잘 버티
고 있나요? 그게 아닌 것 같은데…"

"자리에서 일어나 고개를 흔들며 그것들과 내가 서로 잘 섞일 수 있도록 노력하죠. 바깥공기를 마시며 마음을 차분하게 먹으려고 노력하고요."

"그렇게 하면 그것들을 받아들일 수 있을까요? 어떻게 생각하세요? 노력을 해보셨으니 어느 정도 느낌이 왔겠죠?"

"이제 시작일 뿐이에요. 앞으로 더 노력해봐야죠. 그것들을 밀어내지 않고 받아들여야 정상적인 생활이 가능해져요."

"생각을 바꿔보는 건 어때요?"

"어떻게 바꾸라는 거죠?"

"예전처럼 밀어내세요. 그렇게 싸우는 게 그것들을 받아들이는 방법일 수도 있어요. 당신이 하고 있는 그 노력은 의미가 없어요. 아무것도 얻을 수 없을 거예요."

"다시 그런 어두운 방법을 택하라고요? 그렇게 하면 내 삶이 망가져요. 물방울 소리가 더 심해질 거예요."

"어차피 당신은 아직 어두운 방법을 버리지 않았

잖아요. 난 다 알아요. 당신은 아니라고 하지만 아직도 그 방법을 쓰고 있어요. 뭐든지 끝을 봐야 속이 시원하잖아요. 나중에 다른 방법을 택하더라도 일단 처음에 하던 일은 끝을 내야죠. 주먹을 휘두르고 욕설을 내뱉어도 좋아요. 어두운 쾌락을 찾아 밖으로 나가도 좋고요."

"아까는 그게 잘못된 방법인 것처럼 말씀하셨으면서 지금은 왜 저를 그런 쪽으로 끌고 가는 거죠?"

"저는 그걸 잘못된 방법이라고 말한 적 없어요. 당신이 솔직하지 않은 것 같아서 내 마음속 말을 던져본 거예요. 어두운 방법이라는 생각을 버리고 예전으로 돌아가세요. 괜찮아요, 그렇게 해도 돼요."

"아니에요, 그건 아니에요. 내게 아직 그 방법의 흔적이 남아있다면 모두 털어낼 거예요."

"왜 그래야 하죠? 그냥 쉽게 갈 수 있는 기회라고 생각하면 되잖아요."

"사실 밀어내거나 받아들이는 건 중요하지 않아요.

어두운 방법을 쓰고 있는 저의 모습이 무서운 거
죠. 내 삶이 무너지는 것 같았어요. 물방울 소리
는 더 커졌고요."

"그 소리가 당신에게 어떤 말을 하던가요?"

"내 삶속에 있는 실수와 실패에 관한 얘기를 하더
군요. 그로 인해 생긴 걱정과 근심에 관한 얘기도
했어요. 그런 얘기를 끝없이 해요. 내가 어두운
방법을 쓸 때마다 물방울 소리는 더 차갑고 날카
롭게 느껴졌죠."

"그래서 그 방법을 털어내야겠다고 생각했군요."

"네, 털어낼 거예요. 그 방법은 물방울 소리가 들리
는 그 순간을 잠시 잊게 만들어주지만 소리를 줄
여주거나 제거해주지는 않아요."

"그럼 앞으로 어떤 방법을 쓸 건가요? 자리에서
일어나 고개를 흔드는 것? 바깥공기를 마시는
것?"

"아까 말했듯이 그건 시작일 뿐이에요. 그리고 단
순한 도구일 뿐이죠."

"근본적인 방법이 있다는 말인가요?"

"네, 맞아요."

"그게 뭔가요?"

"내가 흔들리지 않아야 돼요. 내 마음이 흔들리지 않으려면 중심을 잘 붙잡아야 돼요. 물방울 소리가 들리기 시작하면 중심을 붙잡고 호흡을 정리할 거예요. 그리고 들리는 대로 소리를 받아들였다가 아주 부드럽게 내 주위에 내려놓을 거예요. 그렇게 하면 그 소리가 아무것도 아닌 것처럼 느껴질 거라고 믿어요. 그것들과 내가 자연스럽게 섞이도록 하는 게 중요해요."

"중심을 잡는 것으로부터 시작되는군요. 중심을 잘 붙잡지 않으면 이 문제는 해결되지 않는다는 뜻이네요."

"그렇죠."

"그런데 그 중심이 흔들리면 어쩌죠?"

"중심은 흔들리지 않아요. 나는 항상 흔들리지만 중심은 절대로 흔들리지 않아요. 중심이 흔들리는 모습을 본 사람은 아무도 없을 거예요."

"당신만 아직 못 본 것일 수도 있죠. 누군가 이미

그 모습을 보고 다른 방법을 찾고 있지는 않을까
요?"

"누군가 야다 씨와 같은 마음으로 살고 있지는 않
을까 걱정되는군요. 그렇게 살면 이 세상에서 해
결할 수 있는 일이 아무것도 없어요."

"난 당신이 걱정돼서 하는 말이에요. 첫 번째로 선
택했던 어두운 방법이 실패했던 것처럼 두 번째
방법도 실패한다면 그 다음을 생각해야 하잖아
요. 미리 생각해두라는 뜻이에요."

"지금 내가 선택한 방법은 틀림없이 성공할 거예
요. 첫 번째 방법은 잘못된 방법이었기 때문에 실
패한 거죠."

"물방울 소리가 더 차갑고 날카로워질까봐 두렵지
않나요?"

"난 지금 야다 씨의 목소리가 그 물방울 소리보다
더 차갑고 날카롭게 느껴져요. 절대로 흔들리지
않겠어요."

"내가 하는 말도 아무것도 아닌 것처럼 만들겠다
는 뜻인가요?"

"그래요, 맞아요."

"안타깝군요. 당신을 향한 나의 마음이 아무것도 아닌 존재가 되어 죽어가다니…"

"이제 난 결정했어요. 더 이상 방법에 대해 얘기할 필요가 없어요."

"대화를 끝내자는 말인가요?"

"네, 끝내죠."

"내가 한 말 때문에 숨 쉬는 게 어려워졌다면 미안해요. 당신 지금 힘들어 보이네요."

"바깥공기를 마셔야겠어요. 그만 돌아가세요."

"우리 언제 또 만날 수 있을까요?"

"만날 일 없을 거예요."

"음… 일단 알겠어요."

2020년4월10일 17:00 / 1104호

그들과 대화를 나누면 내 몸 안에 박혀있는 어두운 기운이 조금이라도 빠져나가거나 성질이 변할 것이라고 기대했지만 달라진 건 아무것도 없었다. 계속된 어두움과 두려움은 나를 다시 출발점으로 끌고 갔다.

앞으로 어떻게 살아야 할지, 눈앞에 있는 오늘을 어떻게 넘겨야할지 막막해서 뭔가 도움이 될 만한 것을 찾다 보니 작년 여름부터 나의 속을 들여다봐주시는 의사선생님의 말씀이 떠올랐다.

생각을 버려야 한다는 것.

갑자기 숨이 막히고 식은땀이 흐르는 이유는 내 마음속에 여러 생각과 의심이 많이 들어와 있기 때문이다. 그의 말대로 그것들을 버려야 한다.

나는 오래전에 있었던 쓸데없는 일을 아직도 내 안에 담아두고 있다.

그날은 굉장히 더운 날씨였고 나는 유리병에 담긴 음료수를 마시며 골목을 걷고 있었다. 몇 모금 만에 병을 비우고 쓰레기통을 찾다가 전봇대 옆에 누군가 정리해 놓은 분리수거 봉투를 보게 되었다. 바로 봉투 안으로 병을 던져 넣고 골목을 빠져나갔다.

병이 봉투 안으로 들어가는 순간 몇 조각으로 깨지는 소리가 들렸지만 신경 쓰지 않았다.

다음날, 그 골목을 걷다가 폐지와 빈병을 줍는 노인을 만났다. 아무생각 없이 노인의 옆으로 지나가는데 그의 손바닥에서 손등까지 이어져있는 상처가 눈에 띄었다.

아주 잠깐 심장의 떨림을 느꼈지만 그 떨림은 곧바로 가라앉았다. 그 상처의 상태를 봤을 때 그건 하루 전에 생긴 상처가 아니라는 것을 누가 봐도 알 수 있을 정도였기 때문이다. 내가 버린 유리병과 노인의 상처는 아무런 관련이 없는 것이다.

그런데 참 어이없는 일이 일어났다. 그때부터 과한 걱정과 죄책감이 들기 시작한 것이다. 내가 버린 유리병 조각 때문에 그 노인이 다쳤을 거라는 생각이 머릿속에서 떠나질 않았다. 그것은 지금도 나를 괴롭히고 있다.

이것은 나만의 이야기가 아니다. 사람은 누구나 쓸데없는 것에 빠진다. 우리들의 머리와 마음속에 가득 쌓여있는 것들은 모두 그런 쓸데없는 것에서 비롯된 것이다.

얻을 것은 얻고 버릴 것은 버릴 줄 알아야한다.

내 안에 쌓여있는 것들을 버리기 위해서는 중심을 붙잡아야 한다. 중심을 붙잡는 것은, 모든 것을 중심에 맡긴다는 뜻이다.

나는 그것을 잘 알고 있지만 아직도 쓸데없는 것에 흔들리고 있다.

아나, 자아크, 쇠아, 알라, 느아카, 샤마, 자카르, 라아하, 야다.

솔직히 말해서 나는 그들을 이길 자신이 없다. 그들을 다시 불러들이는 순간 지옥으로 떨어질 것 같다.

그들은 지금 이 순간에도 1104호의 문을 두드리고 있다.

"많이 힘들어 보이네요."

"누구세요?"

"아나입니다."

"아나 씨, 보고 싶었어요."

"태도가 달라졌네요?"

"아나 씨가 나를 괴롭힌 게 아니었다는 걸 알게
되었어요. 매일 찾아와서 내게 했던 말들이 이상
한 소리가 아니었다는 것과 여길 이렇게 감옥으
로 만든 것도 아나 씨가 한 일이 아니라는 거 다

107

알아요."

"그래요, 맞아요. 난 이미 만들어져있는 공간과 시간에 자연스럽게 존재할 뿐이에요. 누굴 괴롭히려는 게 아니라 그냥 존재하는 거죠."

"네, 맞아요. 아나 씨는 이렇게 주어진 공간에서 해야 할 말을 내뱉는 게 당연해요."

"그런데 그 말들이 중심을 잡는데 방해가 된다고 하지 않았나요?"

"사실 그 말들은 내게 필요한 것들이에요. 그것들을 끌고 들어온 건 사실 나였어요."

"그 이야기들을 품고 있는 걸 보니 아직 문제가 해결되지 않았군요. 그 문제가 눈앞에서 해결될 때까지 당신 곁에 있을게요."

"고마워요."

"그냥 다 잊으려고 했던 노력의 결과는 어떻게 됐나요? 중심을 붙잡으면 모든 것을 잊고 문제가 해결될 것이라고 했었잖아요."

"잘 모르겠어요. 그렇게 해서 해결이 될 수 있다면 아나 씨를 만날 일이 없었겠죠. 해결되길 기다리기만 하면 될 테니까요."

"아무런 변화가 없었죠? 당신은 그것들을 절대 잊
지 못해요."

"맞아요. 잊는 방법을 모르겠어요."

"잊으려면 그것들을 불러들여서 싸워야 돼요. 우리
가 만나서 항상 하던 이야기를 해볼까요?"

"그래요, 그렇게 하죠."

"그 택시기사와 관련된 일은 어떻게 됐나요? 혹시
연락이 왔었나요?"

"아니요, 아직 연락이 안 왔어요. 그래서 더 불안해
요."

"심각한 일이 아니었다고 하지 않았나요?"

"잠시 다툼이 있었고 별 문제 없이 집으로 돌아왔
지만…. 모르겠어요."

"아직도 그날 있었던 일이 선명하게 보이지 않아
서 불안한 거군요."

"아나 씨가 했던 말처럼, 가벼운 일이든 무거운 일
이든 그건 중요하지 않은 것 같아요. 선명하지
않다는 게 문제죠. 그게 아직도 나를 잡고 있어

요.”

“맞아요. 문제가 있기 때문에 당신과 내가 여기 이
렇게 함께 있는 거예요. 난 당신과 함께 존재해
요.”

“아나 씨는 나의 속마음을 다 알고 있죠?”

“네, 알아요. 나는 당신의 마음속에 있는 것을 그대
로 얘기할 거예요. 당신의 속마음을 건드리거나
다치게 하지 않아요.”

“나는 모든 문제를 스스로 알아서 해결하려고 했
었어요. 정말 잘못된 생각이었죠. 이렇게 도움을
받아서 싸웠어야 했는데….”

“지금부터라도 싸우면 되죠. 내가 도와줄게요. 시
원하게 얘기해보자고요.”

“알겠어요, 고마워요.”

“당신이 그 택시기사를 죽였다고 생각하죠?”

“네, 그렇게 생각해요.”

“정말 죽였어요?”

“그런 것 같아요.”

“그날의 기억이 선명하지 않다면서 어떻게 확신하

죠?"

"기억이 선명하지는 않지만 자꾸 그런 쪽으로 마음이 움직여요. 아무 일도 일어나지 않았을 거라는 마음을 먹으려고 해도 그게 잘 안돼요."

"그래요. 어쩌면 당장 내일이라도 경찰이 당신을 찾아올 수도 있겠죠. 그런데 벌써 몇 주가 지난 일이라면서요."

"아직 단서를 찾아내지 못해서 이렇게 조용한 것일 수도 있죠. 뭐라도 찾아낸다면 난 끝이에요."

"그날 기억이 선명하지 않은 이유가 술에 취해있었기 때문이라고 했죠?"

"네, 술을 많이 마셨었죠."

"그래서 갈수록 더 불안해지는 거예요. 사람이 취하면 표정부터 정신까지 모두 다 달라지니까요."

"작은 다툼으로 끝났을 수도 있고 큰 다툼으로 이어졌을 수도 있지만 그 끝이 살인이었다면, 그게 사실이라면 난 당장 죽어버리는 게 나을 수도 있어요."

111

"그날 술을 마신 것부터가 잘못이라고 생각하나
요?"

"네. 취했다는 것이 잘못이라고 생각해요. 그래서
처음엔 그 부분만 더욱 집중하며 생각하려고 했
어요. 기억이 선명하지 않을 만큼 취했다는 잘못
을 인정하고 마음을 다잡으면 그것으로 충분할
줄 알았죠. 그렇게 하면 모두 잊을 수 있을 것 같
았어요."

"잊는 것이 불가능하다는 걸 알게 되었죠?"

"네, 불가능해요. 잘못을 인정하는 것이 모든 것의
시작이라고 생각했었죠. 인정하는 것은 용서를
구하는 것이고, 용서를 받게 되면 모든 것의 끝을
볼 수 있을 거라고 생각했어요. 그 끝엔 불안감이
나 여러 가지 생각들이 존재하지 않을 줄 알았는
데…"

"끝을 보려는 생각과 잊으려는 생각을 하지 말아
요. 계속 이 사건을 떠올리세요. 불러들여서 싸우
세요."

"정말 저를 도와주실 건가요?"

"난 당신이 부르면 언제든지 올 준비가 되어있어
요."

"정말 고마워요. 나와 함께 싸워주세요."

"오늘은 여기까지만 하죠. 당신을 위해서 그만하는
게 좋겠어요. 숨 쉬는 게 힘들어 보이네요."

"네, 그럼…."

"많이 힘들어 보이네요."

"누구세요?"

"자아크입니다."

"자아크 씨, 보고 싶었어요."

"어색하군요. 오늘도 저를 기다렸나요?"

"네, 기다렸어요. 그동안 자아크 씨가 했던 말을 무
시하고 모두 잘못됐다고 생각했었는데 그게 아니
었어요."

"그게 아니라는 걸 어떻게 알았죠?"

"자아크 씨는 그동안 계속 저의 이야기를 했던 거
잖아요. 저의 속마음을 다 알고 있다면 그것으로
충분하죠."

"답장은 왔나요?"

"아니요, 아직 안 왔어요."

"답장이 와야 당신의 마음이 편해질 텐데…. 안타
깝군요."

"너무 힘드네요. 마음을 비우려고 해도 비울 수가
없어요."

"죽는 날까지 기다릴 건가요?"

"네, 기다려야죠. 꼭 답장을 받을 거예요."

"결국 답장이 오지 않으면 어떨 것 같아요?"

"그 사람을 원망하게 되겠죠. 그리고 저의 과오를
자책하겠죠."

"그 사람이 답장도 하지 않고 좋지 않은 감정만
계속 키우고 있다가 언젠가 당신 앞에 나타날까
봐 두렵죠?"

"사실 두려워요. 난 그 사람을 믿지만 불안한 건
어쩔 수 없어요. 지난번에 자아크 씨가 했던 말

이 생각나네요. 이 공간이 이렇게 바뀌어있는 이
유에 대해 말해줬었죠. 저 밑에서 여러 방향으로
움직이는 자동차들의 소리를 들어보면 파도가 밀
려오는 것같이 느껴지는데 그 소리가 두려움으로
다가온다고요. 그게 나의 속마음일 거라고 했었
잖아요."

"그랬었죠. 당신도 그렇게 생각하나요?"

"네, 맞는 말이에요. 항상 두려웠어요."

"그럼 그 사람이 당신을 용서했을 거라는 생각도
바뀌었겠군요."

"나를 용서했다면 답장을 했겠죠. 저에게 마음을
전달하는 방법이 편지가 아닌 다른 것일 수도 있
겠다는 생각을 했었지만… 이젠 아니에요."

"다른 누군가를 보내오거나 직접 전화를 할 수도
있다는 생각을 모두 버렸나요?"

"네. 답장도 하지 않는데 더 이상 뭘 바라겠어요."

"그럼 편지를 한 번 더 보낼 계획은요?"

"하고 싶었던 말을 모두 담아서 한 번 더 보낼 거
예요. 더 이상 참을 수 없어요. 그냥 이렇게 죽을

수는 없어요."

"그 사람에게 부담을 주면 안 된다고 했었잖아요.
당신의 감정만 생각하고 자꾸 다가가면 그가 더
멀리 도망갈 거라고 했던 말 기억하나요?"

"그렇게 생각했었죠. 이젠 아니에요. 참을 만큼 참
았어요."

"주위 사람들에게 부탁해서 그 사람의 상태를 알
아보는 건 비겁하다고 했었죠?"

"비겁한 방법이긴 하지만 이대로 시간이 더 흐른
다면 그 방법도 써야겠죠. 내가 이렇게 여러 가지
이유로 시간을 보내는 동안 그 사람의 감정은 더
욱 어두운 쪽으로 빠지고 있을 거예요. 나는 그
사람을 믿는 것뿐이지 그에 대한 모든 것을 알지
는 못해요."

"그 믿음이 충분하지 않군요."

"그래요, 그런 것 같아요."

"편지 내용에 대해 다시 생각해 봤나요? 잘 썼다
고 생각해요?"

"그와 나 사이에 있었던 모든 일, 나의 잘못, 감정,

용서를 구하는 낮은 자세. 담을 수 있는 건 모두 담았다고 생각했었는데 그게 아닌가 봐요. 이번에 다시 쓸 땐 모든 것을 담을 거예요."

"당신이 기억하지 못하는 또 다른 무언가가 있을 거예요. 서로 감추는 것 없이 지내왔고 서운한 감정이 생기면 바로 내어놓고 풀었다고 해서 그 사람의 전부를 아는 건 아니죠."

"편지를 쓰면서 더 찾아봐야죠. 우리의 관계가 잠시 멈추게 된 이유를 더 찾아볼 거예요."

"그런 관계가 한 번의 잘못으로 인해 이렇게 멈췄다는 게 참 안타깝네요. 아직도 당신의 마음속에서는 아무런 변화가 일어나지 않았나요?"

"분노가 생겼어요. 내가 잘못을 하긴 했지만 너무 오랫동안 시간을 끌며 용서를 하지 않고 있는 그 사람도 문제가 있어요. 그래서 더 참을 수 없다는 거예요."

"그래요, 맞아요. 당신이 잘못한 일을 다시 한 번 잘 떠올려 봐요. 죽을죄를 지은 것도 아닌데 왜 이렇게 힘든 시간을 보내야하는 거죠?"

"저도 그게 정말 답답해요. 낮은 자세로 용서를 구
했고 지금까지 그 자세를 유지해왔는데 시간이
흐를수록 자존심이 상하기 시작하더라고요."

"지난번에도 말했듯이 용서를 구하는 마음만 품고
그대로 둔다면 그 관계가 완전히 끊어지는 것을
보게 될 거예요. 공격적으로 용서를 얻어내고 관
계를 회복해야 돼요."

"그동안 정말 힘들었어요. 그냥 그렇게 중심을 믿
고 버텨왔거든요. 중심을 믿는 것이 나와 그 사
람의 소통이라고 생각했기 때문에 시간이 조금만
지나면 내 마음이 전달될 줄 알았는데…"

"중심을 잠시 내려놓고 다시 편지를 쓰세요. 그 사
람에게 확실히 마음을 전하세요. 내가 당신을 도
울게요."

"고마워요. 그 사람이 답장을 줄 때까지 내 곁에
있어줘요."

"그럼요, 그럴 거예요."

"…"

"숨이 막히기 시작하죠? 일단은 좀 쉬세요."

"많이 힘들어 보이네요."

"누구세요?"

"솨아입니다."

"솨아 씨, 보고 싶었어요."

"저도 보고 싶었어요. 날 기다리고 있다는 거 알고
있었어요."

"대화를 하고 싶어요."

"좋죠. 당신이 버린 그것을 아직도 그리워하나
요?"

"버릴 때가 돼서 버렸다고 생각했는데 그게 아니
었어요. 내가 실수한 것 같아요."

"내가 말했잖아요. 당신은 처음부터 당신의 잘못을
알고 있었어요."

"버린 것은 그대로 잊는 게 각 존재에 대한 존중
이라고 생각했었어요. 잊으려고 노력하면 언젠가
는 끝날 줄 알았는데…."

"당신이 오랫동안 썼던 의자를 기억하죠? 한참 동
안 작별인사를 나눴던 그때를 기억하나요?"

"그럼요. 그 의자를 잊을 수가 없어요. 그리고 우
리가 말하고 있는 그것도 아직 내 마음속에 있어
요."

"그래요, 잊으려하지 말아요. 그냥 받아들여요. 잊
게 되더라도 언젠가 또 다른 것을 버릴 때가 되
면 다시 생각이 돌아올 거라고 했잖아요."

"잊으려했던 건 내 잘못이에요. 잊을 수 없는 것
을 잊으려했으니…. 버릴 때 미안한 마음이 든다
면 그건 버리지 말라는 뜻이겠죠. 난 그걸 몰랐어
요."

"난 당신마음을 잘 알아요. 버리고나서 후회할 거
라는 것도 알고 있었어요. 그냥 갖고 있다가 가끔
씩이라도 만져보며 함께 추억을 떠올려보는 삶을
살았다면 어땠을까하는 생각이 들죠?"

"네. 이젠 손이 닿는 존재도 추억과 연결될 수 있
다는 걸 믿어요. 그동안 손이 닿는 존재를 무시했
어요. 그걸 버리게 된 것도 함께 추억을 얘기하지
않았기 때문이죠."

"맞아요. 한 번 더 말해줄게요. 추억을 떠올리고 함
께 얘기해야 멀어지지 않는 거예요. 추억이 아름
다운 이유는 반성을 불러오기 때문이죠. 당신이
그 의자 앞에 서서 작별인사를 나눈 이유는 미안
한 감정이 더 깊었기 때문이잖아요. 그리고 지금
우리가 말하고 있는 그것을 버릴 때도 그랬죠. 미
안한 감정은 뒤늦은 추억이 불러오는 거예요. 그
추억을 미리 떠올렸다면 미안한 감정이 생길 일
은 없었겠죠."

"난 앞으로 어떻게 살아야하죠?"

"무릎 꿇고 반성하세요. 그 반성은 추억으로부터

나오는 반성이 아니에요. 이제 당신이 해야 할 반성은 고통으로부터 나오는 거예요. 아름다운 추억으로부터 나오는 반성을 얻어내지 못했기 때문이죠."

"나는 중심을 잘 붙잡고 그 중심만 생각하면 모든 일이 해결될 것이라고 믿었어요. 지금은 그게 맞는 건지 잘 모르겠어요."

"지난날의 모든 것을 어떻게 생각하고 있나요? 지난번엔 어두운 것이라고 표현하더군요."

"지난날의 모든 것은 아름답죠. 어두운 건 나 하나뿐이에요."

"그래요, 난 당신이 어두워지길 바라요. 당신이 버린 것들로부터 용서받기 위한 마지막 방법이라고 생각해요. 그게 반성이죠."

"난 앞으로 더 어두워질 거예요. 일부러 노력하지 않아도 점점 어두워지겠죠. 나도 절반쯤은 버림받았다고 생각했던 시간들이 너무 아깝고 부끄러워요. 그 시간에 반성을 했어야 해요. 내 잘못 때문에 일어난 일인데 그걸 절반으로 나누려고 했다니…"

"지금부터라도 반성하세요. 그동안 지나온 길이 어떻게 생겼는지, 걸음의 속도는 어느 정도였는지, 손에 무엇을 들고 있었는지. 모두 다 찾아내세요."

"숨 쉬는 걸 계속 생각하면서 살 거예요. 숨이 잘 쉬어지는지 생각하고 걱정하는 순간부터 숨이 막히기 시작하니까. 나는 무너져야 돼요. 버려진 그것도 내가 무너지길 바랄 거예요."

"어쩌면 그것도 자기 스스로 어두워지길 바랄지도 모르죠. 당신과 똑같은 존재니까요. 그렇게 각자 멀리 떨어진 곳에서 함께 죽어가는 거죠."

"숨이 막히기 시작했어요. 이제 점점 어두워지겠죠?"

"그래요, 힘들어 보이네요. 그 순간을 즐기세요."

"솨아 씨를 다시 만날 수 있을까요?"

"필요하면 언제든지 부르세요."

"고마워요."

2020년4월14일 01:06 / 1104호 - 알라

"많이 힘들어 보이네요."

"누구세요?"

"알라입니다."

"알라 씨, 보고 싶었어요."

"찾고자하는 것을 아직도 못 찾았군요."

"네, 막막하네요."

"당신의 마음이 흔들려서 그래요. 제가 말했잖아
요."

"솔직히 고백할게요. 흔들린 건 사실이에요. 알라

125

씨의 말이 맞아요."

"그래요. 당신은 제목도 없고 작가이름도 없는 그 책의 내용을 무시했어요. 내용이 보이지도 않게 펜으로 그어버리고 당신의 글로 덮었죠."

"내 잘못이에요. 그렇게 해도 책의 내용이 충분히 보일 거라고 생각했거든요. 저의 글도 그 책과 관련된 내용이라고 생각했는데 그게 아닌 것 같아요."

"그 책을 찾고 있는 건 확실한가요? 아니면 당신이 써둔 글을 찾고 있는 건가요?"

"둘 다 필요해요. 그 책과 제 글을 모두 찾고 싶어요."

"그렇군요. 그럼 일단 그 책을 찾긴 찾아야 할 텐데…. 그 동네에 다시 가봤나요?"

"아니요. 가까운 곳이 아니라서…."

"절실하지 않은가보네요?"

"그건 아니에요. 솔직히 말하면 그곳에 책이 없을까봐 두려워요."

"마을회관에도 없고 주민들도 모른다고 했으니 찾

을 길이 없는 건 사실이죠. 서점에 가서 새 책을 산다고 해서 될 일도 아니고요."

"네, 그렇죠."

"누군가 그 책을 가져가서 읽고 있겠군요. 당신이 그 책의 본질을 망가뜨렸으니 그 사람은 책의 본질을 제대로 느끼지 못하고 혼란스러워하고 있겠네요."

"혹시 누가 가져갔다면 내가 그 책의 내용 위에 덮어둔 글이 그 누군가에게 도움이 될 거라고 생각했는데 그게 아니라면 어떡하죠? 또 다른 세계관이 아니라 잘못된 세계관을 주게 된 거라면…."

"이제 와서 뭘 어쩌겠어요. 당신은 그 책의 작가에게도 사과해야 돼요. 작가가 독자에게 전달하고자 했던 메시지를 망가뜨렸잖아요."

"맞아요. 난 작가와 독자 모두에게 사과해야 돼요. 내 잘못이에요. 중심은 함께 만들어나가는 것이라고 생각했죠. 그 책이 중심이라면 난 그것에 묻어있는 때를 닦고 바람을 막아주는 역할을 하고 싶었어요."

"당신이 적어놓은 글에 대한 믿음이 부족하다는
뜻이군요. 지난번과는 느낌이 다르네요."

"그땐 그 책에 비해 나의 글이 초라하다고 느껴져
도 괜찮다고 했었죠. 그것도 잘못됐어요. 이미 내
손을 떠났기 때문에 뒤늦게 노력해봐야 소용이
없죠. 그리고 이미 본질을 깨버렸으니 난 모든 것
을 잃은 거예요."

"중심을 함께 만들어가는 것에 대해 다시 생각해
보세요. 중심을 믿는다고 했죠? 지금도 그런가
요?"

"잘 모르겠어요. 그건 조금 더 생각해 보려고요."

"중심을 붙잡지 말고 멀리 던져버리세요. 그 책을
잃어버렸다는 건 당신이 이미 중심에서 벗어났다
는 거죠. 중심을 버리면 그 책과 당신의 글도 멀
어질 거예요. 그렇게 잊고 살면 돼요."

"그게 맞는 거겠죠?"

"그럼요. 이 길 밖에 없어요."

"그래요, 알겠어요. 알라 씨의 말을 믿을게요."

"이젠 날 의심하지 말아요."

"고마워요."

"그럼 쉬세요. 힘들어 보이네요."

2020년4월15일 01:06 / 1104호 - 빈 공간

"많이 힘들어 보이네요."

"누구세요?"

"느아카입니다."

"느아카 씨, 보고 싶었어요."

"그래요, 반가워요."

"난 지금 대화가 필요해요. 느껴지나요?"

"느껴져요. 아직도 그 사람을 기다리고 있군요."

"느아카 씨는 나를 잘 알죠? 내가 처한 상황도 잘
알잖아요."

"잘 알죠. 난 당신과 함께하고 있으니까요. 엘리베
이터 문이 열릴 때마다 그 사람이 서있길 바라는
것도 너무 잘 알죠. 아직도 그 사람이 올 거라고
생각하나요?"

"솔직히 잘 모르겠어요. 시간이 갈수록 불안하고
의심하게 돼요. 어쩌면 마음속 어딘가 끝자락에
선 이미 포기했을 수도 있어요."

"안타깝군요. 이제 어떻게 하시겠어요? 계속 기다
릴 건가요?"

"찾아가고 싶은 마음이 생겼어요. 그 사람은 이곳
에 오지 않을 것 같아요. 이렇게 시간을 보낼 순
없어요. 이러다가는 그 사람이 멀리 떠나버릴 것
같아요."

"잘 생각했어요. 당신이 중심에 대한 얘기를 할 때
솔직히 어이가 없었거든요. 말도 안 되는 얘기였
죠."

"맞아요. 난 중심을 믿고 죄를 고백하며 용서를 구
했어요. 그렇게 지내다보면 중심을 통해 그 마음
이 전달될 거라고 생각했었죠."

"중심을 붙잡으면 잘 해결될 거라고 자신 있게 말하던 당신의 모습이 떠오르네요. 결국 중심이 당신을 배신한 거죠. 난 그렇게 생각해요. 중심이 당신을 배신했기 때문에 고통이 시작된 거예요."

"그래요, 배신당했어요. 나는 그동안 매일매일 기다렸어요. 그 사람이 올 거라고 믿고 살다보면 언젠가 내 눈앞에 서있을 거라고 믿었는데 결국 끝은 오지 않았죠."

"이제 방법을 바꾸면 돼요. 당신만 잘못한 게 아니에요. 그 사람도 분명히 잘못한 게 있을 거예요. 당신이 조금 더 그 사람을 들여다보고 원하는 것을 찾아보세요. 그 다음에 찾아가는 거예요. 그러면 그 사람도 자신의 잘못을 고백하며 눈물을 흘리겠죠. 더 이상 당신 혼자 눈물 흘리지 말아요."

"알겠어요. 이제 버티지 않고 다른 방법을 쓰겠어요."

"솔직히 얘기해 봐요. 그 사람을 원망하고 있죠?"

"처음엔 미안함과 고마움이 눈앞에 나타났었지만 지금은 아니에요. 다른 감정들이 그것들을 덮어 버렸어요. 그 속에 원망도 들어있겠죠."

"그럴 줄 알았어요. 지난번에 내가 그랬잖아요. 당신이 알지 못했던 감정들이 엘리베이터 안을 가득 채울 거라고. 길을 걸을 때 가끔 멈춰서 뒤를 돌아본 적이 있나요? 가끔 그렇게 해보세요. 꿈을 꾸는 것 같은 기분이 들어요. 내가 어떻게 여기까지 왔는지 알 수 없을 때가 있죠. 그건 바로 의심을 하지 않았기 때문이에요. 우리는 의심을 하며 살아야 돼요. 의심을 하면 그 길에서 무슨 일이 있었는지, 어떤 감정을 거쳤는지 전부 다 생각나요. 당신이 그걸 느끼게 된 것 같아서 기뻐요."

"그래요, 나도 기뻐요. 그렇게 살아가는 게 맞아요. 내가 원하는 대로 의심하고 표현하며 살아가야죠."

"잘 생각했어요. 당장 그 사람에게 달려가세요. 가서 말하세요. 마음속에 담아뒀던 이야기들을 풀어놓으세요."

"그럴게요. 내가 결말을 만들 거예요. 내가 만들어
  야 모두가 죽지 않고 새롭게 살아갈 수 있어요."

"당신을 지켜보면서 응원할게요."

"고마워요, 느아카 씨."

"오늘은 아무것도 하지 말고 쉬면서 결말을 어떻
  게 만들지 생각해보세요."

"느아카 씨의 도움이 필요하면 부를게요."

"언제든지 불러주세요. 그리고 지금처럼 힘들 땐
  숨을 깊게 내쉬어요."

"많이 힘들어 보이네요."

"누구세요?"

"샤마입니다."

"샤마 씨, 보고 싶었어요."

"아직도 고민하고 있나요?"

"마음이 조금 바뀌었어요. 발바닥이 욱신거리고 허
리가 뻐근한 건 이 길을 오래 걸어서 그런 게 아
니었어요. 후회하고 있는 것 같아요. 이 길은 저
에게 맞는 길이 아니에요."

"그래서 계속 다른 길을 들여다보고 있었군요."

"길이 얼마나 넓은지, 오르막과 내리막은 어느 정
도인지, 바닥에 돌이나 쓰레기는 얼마나 있는지,
날씨는 어떤지, 그 길을 걷고 있는 사람들은 어떤
모습인지 계속 들여다본 이유는 그 길로 걸음을
옮기고 싶어서였던 것 같아요."

"그렇게 들여다본 소감이 어떤가요?"

"매력적이었어요. 나의 길과 다른 부분들이 있다는
게 정말 매력적이더군요."

"보폭과 속도가 다르고 팔의 움직임도 다르다면서
요? 그게 당신의 마음을 흔들어놓은 결정적인 매
력이었나요?"

"네, 맞아요. 그게 바로 마음가짐이니까요. 길이 다
른 만큼 마음가짐도 다르다는 게 놀라웠어요."

"지금 당신이 걷고 있는 길도 아주 훌륭하다면서
요."

"모르겠어요. 지금은 이미 흔들리고 있기 때문에
이 길이 어떤지는 생각하고 싶지 않아요. 제가 예
전에 아주 잠깐 다른 길의 시작점을 밟아봤다고

말했던 거 기억하시죠? 그때 첫 걸음을 뗄 수 없
었던 이유는 용기가 없었기 때문이에요. 다른 길
을 걸을 수 없을 거라고 생각했었죠."

"그래요, 내가 말했잖아요. 마음가짐은 정해져있는
게 아니에요. 충분히 바꿀 수 있죠. 발바닥이 욱
신거리고 허리가 뻐근하다는 것, 그게 바로 마음
가짐을 바꾸라는 신호라고요."

"그때 샤마 씨의 말을 따랐으면 난 지금 다른 길
을 걷고 있겠죠. 너무 후회돼요."

"지금도 늦지 않았어요. 마음가짐을 바꿔보는 건
아주 좋은 일이에요."

"당장 바꿀까요?"

"네, 바꿔요. 시간이 없어요. 다시 돌아가는 길은
아주 빠르고 편해요. 처음으로 돌아가서 다른 길
의 시작점을 밟아보세요. 지금이 아니면 기회가
없을지도 몰라요."

"네, 바꿀게요. 지금 내 눈앞엔 어두움과 두려움뿐
이에요. 이 길은 이미 끝났어요. 내가 스스로 책
임질 거예요."

"당신의 중심은 어떻게 할 건가요? 계속 붙잡고 갈 수 있겠어요?"

"어두움과 두려움이 보이는 건 내 마음이 힘들기 때문이라고 생각했었죠. 중심을 잘 붙잡으면 그것들이 사라질 줄 알았어요. 그런데 변한 건 아무것도 없었죠. 중심을 놓을 때가 된 것 같아요."

"잘 생각했어요. 중심을 버리고 이 길을 포기하세요. 무슨 일을 하든 포기할 줄도 알아야죠. 그동안 느꼈던 이 길의 모습과 냄새도 포기하세요."

"그동안 내가 간직해왔던 모든 것들이 지워져도 상관없어요. 다른 길에서 다시 만들면 돼요."

"당신이 이렇게 마음을 바꾸게 되어서 참 다행이에요. 당신이 갖고 있던 단순한 호기심이 마침내 깊은 관심으로 바뀌었어요. 정말 잘 된 일이군요."

"계속 이 길을 걷다가는 나중에 후회하며 절망에 빠지게 될 것 같았어요. 두려웠죠. 매일 정해놓은 목표지점까지 걸어가는 것도 중요하지만 중간에 포기하는 것도 중요하다는 걸 느꼈어요."

"그래요. 이제 걸음을 옮길 준비를 시작하세요. 마
 음가짐을 바꾸세요."
"샤마 씨가 저를 도와줄 거죠? 제가 제대로 가고
 있는지 잘 지켜봐주세요."
"제가 당신 곁에 있을게요."
"고마워요."
"먼저 호흡을 정리하세요. 힘들어 보이는군요."

"많이 힘들어 보이네요."

"누구세요?"

"자카르입니다."

"자카르 씨, 보고 싶었어요."

"괜찮아요? 힘들어 보이는데…."

"답답하네요. 숨 쉬는 게 힘들어요. 닫혀있는 창문
  을 모두 열어야겠어요."

"창문을 열면 보고 싶지 않은 것을 보게 될까봐
  두렵다고 했었잖아요."

"평생 이렇게 답답하게 살기 싫어요. 창문을 열고
그것들과 싸워야겠어요."

"그래요. 평생 여기서 멈춰있는 건 어리석은 짓이
에요. 창문을 열면 새로운 기회를 얻게 될 거예
요. 나는 당신이 말했던 중심이라는 게 뭘 의미하
는지 아직도 모르지만 지금 당신의 그 선택이 바
로 중심의 뜻일 수도 있어요."

"난 그 중심을 붙잡고 시간을 보내며 참아보려고
했어요. 언젠가 마음의 색깔이 선명해지면 창문
을 열어보려고 했지만 뜻대로 되지 않았죠. 어두
움과 두려움이 나를 괴롭히기 시작했거든요."

"어두움과 두려움은 과정 속에만 있는 거라면서요.
끝에 도달하게 되면 그것들을 모두 잊게 될 거라
고 하지 않았나요?"

"그 과정을 더 이상 참을 수가 없어요. 언제까지
버텨내야 되는 거죠? 벌써 많은 시간이 지났어요.
지금 나의 선택은 중심의 뜻이 아니라는 걸 잘
알아요. 하지만 어쩔 수 없죠."

"보고 싶지 않은 것들을 만날 준비가 되어있나요?

창문을 열면 다시 닫을 수도 없고 숨 쉬는 게 힘
들어질 수도 있잖아요."

"중심을 붙잡고 기다리는 것보다는 용기를 갖고
도전하는 게 더 중요해요. 저도 이제 스스로 수렁
에서 빠져나올 수 있는 힘을 기르려고요."

"좋은 생각이네요. 당신은 지금까지 혼자만의 힘으
로 열어본 창문이 하나도 없잖아요. 실패할 수도
있지만 두려움에 떨지 말고 도전하세요. 누군가
의 도움 없이도 할 수 있다는 자신감이 생길 거
예요."

"그래요, 도전할게요."

"이미 열려있지만 곁으로 가기 힘들다고 했던 그
창문은 어떻게 할 건가요? 그것도 누군가와 함께
열었고 밖에 뭐가 보일지 알고 있다면서요."

"그것도 중심을 통해 색깔이 선명해지면 가까이
다가가려고 했는데 그때까지 버틸 수가 없어요.
다른 창문들과는 달라요. 그 창문의 밖을 너무 보
고 싶어요."

"무너지지 않을 자신 있어요? 당신이 말했듯이 다

른 창문들과는 다르니까 신중하게 결정해야 하는
거 아닌가요?"

"밖에서 나를 기다리고 있을 것 같아요. 내가 아
무렇지 않은 듯 밝은 얼굴로 밖을 내다보면 뭔가
기적이 일어날 것 같아요."

"맞는 말이에요. 당신이 원하는 대로 될 거예요. 지
난번에 제가 말했잖아요. 창문은 언제든지 열어
서 밖을 보기 위해 만들어진 거라고요. 이미 열려
있는 창문조차 보지 않고 내버려둔다면 이 공간
은 당신에게 아무 의미가 없죠. 정말 좋은 결정을
내리신 거예요. 아주 잘 하셨어요."

"이제 뭔가 해결되는 느낌이 드네요."

"자연스러운 일이에요. 저는 이렇게 될 줄 알았어
요. 당신이 현명한 선택을 할 거라고 믿었어요."

"자카르 씨 덕분이에요. 정말 고마워요."

"별말씀을요. 제가 필요하면 언제든지 불러주세
요."

"그래요, 저와 함께해주세요."

"아직도 많이 답답하죠?"

"그건 그렇죠."

"숨을 크게 쉬어요."

"많이 힘들어 보이네요."

"누구세요?"

"라아하입니다."

"라아하 씨, 보고 싶었어요."

"아직도 시커먼 연기를 뿜어내고 있군요."

"그래요, 맞아요. 이건 내가 뿜어내는 거예요. 이 공간도 나 때문에 만들어졌죠."

"약은 잘 먹고 있어요? 요즘도 주머니에 넣고 다니나요?"

"네, 먹고 있어요. 밖에 나갈 때도 항상 챙겨요."

"거르지 않고 다 먹고 있는 거예요? 참을 수 있으면 참아보겠다고 했잖아요."

"버티는 게 중요해요. 저는 버텨야 돼요. 일이 해결될 때까지 기다리면서 버텨야죠. 약을 먹어야 모든 게 해결될 것 같아요."

"생각이 많이 바뀌었군요."

"네, 나는 끝까지 버틸 거예요. 제가 했던 말 기억하세요? 여행을 마치고 집에 돌아왔을 때 가장 기억에 남는 것은 목적지의 풍경이 아니라 목적지까지 가는 동안 나눴던 모든 것이라고 했었잖아요."

"그래요, 그렇게 말했었죠."

"그게 너무 힘들어요. 지금 이대로 살다보면 목적지까지 갈 수 없을 것 같아요. 목적지에 도착을 해야 그 전에 나눴던 모든 것이 의미 있게 기억에 남는 거잖아요."

"맞아요. 그래서 제가 당신을 걱정했던 거예요. 지금까지 참을 수 있었던 건 증상이 심하지 않았

기 때문이에요. 그 병이 주는 고통은 갈수록 심해
질 거라고 했잖아요. 그러니까 약을 꼭 먹어야 돼
요."

"정말 죽을 것 같은 느낌이 들 때만 약을 먹으려
고 했는데 무너지는 건 한순간이더라고요. 이러
다가 의식을 잃을 수도 있겠다는 생각에 두려움
이 몰려왔어요."

"당신이 먹고 있는 약은 힘없는 작은 알갱이가 아
니에요. 당신에게 꼭 필요한 거예요. 그게 당신을
구해줄 거예요. 어두움과 두려움으로부터 벗어나
게 해줄 거예요."

"맞아요. 일단은 내가 살아야겠어요."

"당신이 믿는 중심은 어떤가요? 아직 당신에게 중
요한가요? 중심을 잘 붙잡고 고통을 참아내면 조
금씩 회복될 거라고 했었죠. 그 중심에서 벗어났
기 때문에 고통이 시작됐다고 하지 않았나요?"

"그래요, 난 지금 벌을 받고 있어요. 나 자신을 사
랑하지 않았기 때문에 벌을 받고 있죠. 중심을 잃
고 휘청거렸던 날들이 눈앞에 나타나서 내 목을

조르고 입과 코를 막고 있어요. 그래서 다시 중심
을 잘 붙잡으려고 노력했어요."

"노력을 하는데도 증상이 더 심해지니까 의심이
생기기 시작했군요? 그렇죠?"

"네, 맞아요. 약을 완전히 끊어버리고 중심만 붙잡
고 있는 건 잘못된 방법이라고 생각했어요. 그건
당연하죠. 그래서 중심을 붙잡고 내가 할 수 있
는 모든 노력을 했어요. 중심을 붙잡는 것과 동시
에 내가 할 수 있는 것은 약을 적당히 먹는 거였
죠. 그런데 그렇게 약에 빠지지 않기 위해 노력하
고 중심을 잘 붙잡고 있었는데도 나아지지 않았
어요. 증상은 점점 심해졌고 중심에 대한 의심이
시작됐죠."

"이제 어떻게 할 계획인가요?"

"지금 이대로 약을 다 먹을 거예요. 남김없이 다
먹을 거예요."

"중심을 버리겠다는 말인가요?"

"그건 모르겠어요. 그냥… 잠시 내려놓고 약에 의
존하며 살아야죠."

"잘 생각했어요. 그렇게 살면 돼요. 그동안 내가 했
  던 말을 이해하고 받아들였군요."
"날 계속 도와줄 건가요?"
"당연하죠. 언제나 당신 곁에 있을게요."
"고마워요."
"증상이 시작되기 전에 미리 약을 먹어요."
"지금 먹을까요?"
"네, 지금 당장 먹어요."

"많이 힘들어 보이네요."

"누구세요?"

"야다입니다."

"야다 씨, 보고 싶었어요."

"결국 이렇게 다시 만나게 됐네요. 많이 힘들죠?"

"이 소리 때문에 미치겠어요. 죽고 싶어요. 이 생활
  이 언제쯤 끝날지 모르겠어요."

"당신은 아직도 두 가지 방법을 섞어서 쓰고 있군
  요. 그러니까 그렇게 힘들죠."

"난 내가 어떻게 살고 있는지 모르겠어요. 내가 그
런가요? 두 가지 방법을 섞어서 쓰고 있나요?"

"물방울 소리가 들릴 때마다 주먹을 휘두르며 욕
설을 내뱉거나 하던 일을 멈추고 어두운 쾌락을
찾아 밖으로 나가잖아요. 달라진 게 없어요, 없어.
아주 가끔은 호흡을 정리하고 그 소리들을 받아
들이긴 하더군요. 그런데 그렇게 받아들이면서도
화를 냈던 거 알아요? 그럴 줄 알았어요. 내가 말
했죠? 그냥 밀어내라고. 그게 당신이 살 수 있는
방법이에요."

"그래요, 그랬던 것 같네요. 어두운 방법을 버리고
그 소리들을 받아들이려고 노력했는데 그게 잘
안돼요."

"당신이 말하던 그 중심은 어떻게 됐나요? 그게
근본적인 방법이라면서요."

"중심을 잘 붙잡으려고 노력했어요. 물방울 소리가
들리기 시작하면 중심을 붙잡고 호흡을 정리하려
고 했죠. 일단 호흡을 정리해야 그 소리들을 차분
하게 받아들일 수 있으니까요. 그런데 호흡을 정

리하는 게 너무 힘들어요. 그 순간에도 여기저기
서 소리가 들리거든요. 집중을 할 수가 없어요.
속에서 점점 화가 끓어오르죠. 그러다 결국은 어
두운 방법을 택하게 되는 거예요."

"그러니까 당신 말은 중심을 붙잡는 게 정말 힘들
다는 뜻이네요."

"그래요, 힘들죠. 쉬운 일은 아니죠."

"당신도 흔들렸지만 그 중심도 흔들렸어요. 그래서
붙잡는 게 힘들었던 거예요."

"설마…. 그건 정말 말도 안 되는 일인데…"

"중심도 흔들릴 수 있다는 것을 알아야 해요. 다른
사람들은 다 알고 있을 거예요. 당신만 아직 모르
는 거죠. 그리고 지금 당신의 태도를 좀 보세요.
지난번과는 많이 다르죠? 당신도 이미 중심에 대
한 믿음이 깨진 거예요. 아닌가요?"

"솔직히 모르겠어요. 난 그냥 잘 살고 싶을 뿐이에
요."

"제발 그냥 밀어내세요. 그게 당신을 살려낼 거예
요."

"그러다가 소리가 더 차갑고 날카로워지면 어쩌죠?"

"그 소리가 당신에게 어떤 말을 한다고 했죠?"

"내 삶속에 있는 실수와 실패에 관한 얘기를 하죠. 그로 인해 생긴 걱정과 근심에 관한 얘기도 하고요."

"그러니까 그런 것들은 밀어내야 되는 거예요. 소리가 더 차갑고 날카롭게 느껴지는 건 당신이 아직 마음의 준비를 하지 않아서 그런 거죠. 삶속에 있는 실수와 실패에 관한 얘기를 왜 받아들이려고 해요? 무조건 밀어내야 돼요."

"그게 맞는 방법이겠죠? 정말 그렇게 해도 되는 거겠죠?"

"그럼요, 당연하죠. 주먹을 휘두르고 욕설을 내뱉어도 좋아요. 어두운 쾌락을 찾아 밖으로 나가도 좋고요. 중심을 버리세요, 버려야 돼요."

"알겠어요. 밀어내볼게요. 다시 그 방법으로 돌아가야겠어요."

"드디어 당신을 향한 나의 마음이 의미 있는 존재

가 되어 전달됐군요."

"그래요, 이제 당신의 마음이 느껴지네요."

"우리 이제 계속 만날 수 있겠죠?"

"당연하죠. 야다 씨의 도움이 필요해요. 나와 함께 해줘요."

"힘들 텐데 이제 그만 쉬세요. 밀어낼 준비를 해야 죠."

"네."

2020년4월21일 14:00 / 1104호

 나는 11층에서 뛰어내렸다.

눈을 떴을 땐 이미 중심과 멀어져있었다.

온몸의 기운이 빠르게 빠져나가는 느낌이 들었다.

기운이 모두 빠져나가기 전에 고개를 돌리는 일을 성공해
야만했다.

고개가 점점 돌아갈수록 메스꺼움과 구토할 것 같은 느낌
이 슬슬 올라왔다.

마지막으로 남은 힘을 한꺼번에 쏟아내야겠다는 생각을
했다.

고르지 않은 숨을 천천히 내쉰 뒤, 다시 숨을 크게 들이마시고 고개를 돌리는 일에 모든 숨과 힘을 쏟아냈다. 고개가 성공적으로 돌아간 느낌이 들었다.

정신을 차려보니 바닥이 아닌 다른 공간에 가만히 멈춰 서있었다. 그곳은 아주 어두웠다. 다시 고개를 돌려봤지만 이번엔 아무런 일도 일어나지 않았다.

어두움과 두려움뿐이었다.

숨이 막히기 시작하고 식은땀이 흐르는 순간, 초인종이 울렸다.

"괜찮으세요?"

"응, 괜찮아."

"잘 지내셨어요?"

"뭐라고 대답해야 할지 모르겠네. 넌 좀 어때? 불면증은 아직 그대로야?"

"아직 그렇죠, 뭐. 지난번에 말씀하셨던 건 어떻게 됐어요?"

"아, 그거…. 그것 때문에 힘들었지. 너도 해봤어?"

"네, 해봤어요."

"어땠어?"

"사실 더 안 좋아졌어요. 생각이 더 많아져서 저도
많이 힘들었어요. 지금도 힘들고 앞으로도 힘들
것 같네요."

"그렇구나. 미안하다, 나 때문에…."

"아니에요. 제가 원해서 한 건데요, 뭐. 이제 그거
안 하실 거죠?"

"응. 하면 안 될 것 같아. 너도 안 할 거지?"

"당연하죠. 다른 방법을 찾아야 될 것 같아요."

"이제 우리가 할 수 있는 건 한 가지 밖에 없어."

"그게 뭔데요?"

"아무 것도 하지 않는 거야. 그냥 있는 그대로 받
아들이고 가만히 있는 거야."

"혹시 아무것도 없는 방을 보셨나요?"

"어, 맞아. 너도 봤어?"

"네, 저도 봤어요. 거긴 아무것도 없었고 저도 존재
하지 않았어요."

"그런 빈 공간을 만나면 마음이 평온해지더라고.

누가 어떤 목적을 가지고 나에게 보여주고 있는 느낌이었어."

"그게 우리가 갖고 있는 문제의 정답인 것 같아요."

"생각을 불러들이면 안 돼. 흔들리면 안 돼. 그렇게 중심을 붙잡고 살다보면 이 지옥 같은 지옥에서 벗어날 수 있는 날이 오겠지."

아나 자아크 솨아 알라 느아카
샤마 자카르 라아하 야다

"의미를 알면서도 모르는 척하며
더러운 존재들의 몸에 붙여놓았던 정답을
다시 찾아야겠어."

여러 해 후에 애굽 왕은 죽었고 이스라엘 자손은 고된 노동으로

말미암아 탄식하며 부르짖으니 그 고된 노동으로 말미암아

부르짖는 소리가 하나님께 상달된지라

하나님이 그들의 고통소리를 들으시고

하나님이 아브라함과 이삭과 야곱에게 세운 그의 언약을 기억하사

하나님이 이스라엘 자손을 돌보셨고

하나님이 그들을 기억하셨더라

출애굽기 2:23-25

오직 믿음으로 구하고 조금도 의심하지 말라
의심하는 자는 마치 바람에 밀려 요동하는 바다 물결 같으니
이런 사람은 무엇이든지 주께 얻기를 생각하지 말라
두 마음을 품어 모든 일에 정함이 없는 자로다

야고보서 1:6-8

2020년 7월 24일 인쇄
2020년 7월 25일 발행

지은이 | 박의림
펴낸곳 | (주)대한출판
등   록 | 2007년 6 월 15 일 제 3호
주   소 | 충북 청주시 청원구 북이면 내수로 796-68
이메일 | cjdeahan@hanmail.net
T E L | (043)213-6761

ISBN 979-11-5819-064-4 03810

*저자와 합의하여 인지를 생략합니다.
*책값은 표지뒤에 표시되어 있습니다.
*이 책의 내용의 전부 또는 일부를 재사용하려면
 반드시 저작권자와 (주)대한출판의 동의를 받아야 합니다.